MÉMOIRES

DE LA

SOCIÉTÉ DES SCIENCES,

DE L'AGRICULTURE ET DES ARTS

DE LILLE

———

CINQUIÈME SÉRIE

———

FASCICULE III

POÉSIES

Par Jules PÉROCHE.

POÉSIES

PAR

Jules PÉROCHE.

LES VOIX POÉTIQUES.
LES CHANTS DE LA TERRE.
LES RIMES CHOISIES.
LES ÉTINCELLES.

LILLE,
IMPRIMERIE L. DANEL.

1895.

AVERTISSEMENT.

J'ai fait beaucoup de vers. J'en ai surtout publié beaucoup trop. Je réunis ici, je ne dirai pas les meilleurs de ceux qui me sont dus, mais ceux que je crois les moins imparfaits, c'est-à-dire les seuls auxquels je voudrais attacher mon nom, s'il devait être attaché à quelque chose.

Une première fois déjà, j'ai fait paraître un recueil analogue, sous le titre de RIMES CHOISIES. *Il n'était guère composé, en réalité, que de morceaux inédits. Quelques-uns seulement avaient été repris à mes précédentes publications. Je fais, au contraire, entrer dans celui-ci tous ceux qui m'ont paru devoir y trouver place et qui seraient restés trop perdus dans l'ensemble des autres, si je les y avais laissés. J'y ajoute naturellement les pièces, en assez grand nombre, qui ont été écrites depuis. Ce nouveau recueil forme, en définitive, quelque chose comme la substance de ce qu'on voudra bien me permettre d'appeler mon œuvre poétique.*

Il est divisé en quatre parties, correspondant à mes diverses périodes de publication. La première a été empruntée aux VOIX POÉTIQUES, *inspirations de ma première jeunesse ; la seconde, aux* CHANTS DE LA TERRE *qui les ont suivis de près.*

Du noyau principal de mes RIMES CHOISIES *est constituée la troisième. Enfin, la quatrième est exclusivement composée de mes dernières productions, groupées sous le titre d'*ETINCELLES.

C'est dans les Ardennes, mon pays d'origine, que mon premier volume a été écrit, de 1840 à 1842. J'avais alors de 19 à 21 ans. Mon second a pris naissance en Flandre et se rapporte principalement aux années 1843 et 1844. A la Flandre aussi pour leur plus grand nombre et pour le surplus à Paris, se rattachent mes RIMES CHOISIES, *publiées en 1853.*

Quant aux autres pièces, restées inédites pour la plupart, c'est un peu partout qu'elles me sont venues : en Champagne, en Auvergne, en Normandie, dans les Alpes, en Lorraine, en Bretagne, y compris, cette fois encore, la Flandre où je suis plus d'une fois revenu et où j'ai fini par me fixer. Ces pérégrinations s'expliquent par la vie nomade à laquelle mes fonctions m'ont forcément condamné et qui, sans me faire oublier mon pays natal, m'en ont cependant toujours tenu éloigné.

Il sera facile, pour ceux qui voudront bien me lire, de se rendre compte de ce que j'ai été à chacune des phases de ma vie de poète. Mes premières productions n'ont guère été que des ébauches. Ma méthode s'est peu à peu affermie, et si je n'y ai rien gagné de bien personnel, j'ai fini du moins par m'affranchir un peu des lisières qui, tout d'abord, m'avaient aussi bien embarrassé qu'aidé dans ma marche.

Dirai-je que je ne me suis jamais illusionné beaucoup, même à l'âge où l'enthousiasme est si facile, sur l'avenir littéraire auquel je pouvais aspirer. Les encouragements les plus flatteurs ne m'ont cependant pas manqué, même de la part de nos Maîtres. Mais je ne me suis jamais senti que trop peu de l'ampleur et de la puissance de leur souffle, et cela a suffi pour que ma griserie, comme on dit aujourd'hui, n'allât pas trop loin. Mes occupations professionnelles que je n'ai jamais négligées, si complètement étrangères aux choses de la poésie, et plus tard, des travaux d'un autre ordre plus particulièrement absorbants, ne m'ont plus guère, du reste, laissé les loisirs que réclame la Muse.

On se demandera certainement pourquoi des publications dans lesquelles leur auteur lui-même ne mettait pas plus de confiance. Je n'ai jamais fait mes vers que pour le seul plaisir de les faire, sans autre préoccupation. Si je les ai trop souvent offerts au public, c'est bien plutôt pour obéir aux conseils et aux excitations d'amis trop indulgents que pour suivre ma propre impulsion et qu'en vue d'un succès quelconque, sur lequel, je le répète, je n'ai jamais compté.

Quoi qu'il en soit, ayant trop indistinctement donné, je devais tenir à ne rester en présence de ceux pour lesquels je ne suis pas absolument étranger, qu'avec un bagage allégé et débarrassé de tout ce qui n'était pas de nature à le recommander. J'ai d'ailleurs fait subir quelques retouches à un certain nombre de mes premiers morceaux. Je ne les ai évidemment pas rendus par là beaucoup plus irréprochables : ce que j'en ai fait disparaître, ce sont surtout les négligences qui les déparaient par trop, en leur laissant, bien entendu, tout aussi bien leur caractère que leur forme.

Le renom, que je n'ai pas acquis dans ma jeunesse, me viendrait-il maintenant que me voilà arrivé au bout de ma route, et un pareil espoir serait-il pour quelque chose dans cette dernière publication ? Personne de ceux dont j'ai l'honneur d'être connu ne se méprendra certainement à cet égard. Obscur je suis, obscur je resterai, et je ne m'en plains en aucune façon. Que quelques-unes des sympathies qui m'ont accompagné dans ma carrière s'en accroissent, si cela est possible ; que quelques autres s'y ajoutent, si l'on juge que je n'en suis pas trop indigne, ce sera largement assez pour moi et je disparaîtrai ayant obtenu tout ce à quoi je pouvais *prétendre. En fait de gloire, j'aurai peut-être celle-ci, qu'un chercheur, un érudit, retrouvera plus tard, dans la poussière d'une bibliothèque, mon pauvre volume, depuis longtemps oublié, et qu'il s'y attachera quelque peu comme à une trouvaille qui ne serait pas absolument dépourvue d'intérêt. Cette courte évocation de ma mémoire n'aura évidemment pas pour conséquence de me rendre la vie. Mes cendres n'en auront pas moins été quelque peu remuées et, définitivement satisfaites, elles pourront se rendormir dans un repos qui sera désormais éternel.*

Lille, le 8 Octobre 1893.

PREMIÈRE PARTIE

———

LES VOIX POÉTIQUES

———

1840-1842

L'ANGE.

Alors je m'endormis et j'eus un rêve étrange.
Des profondeurs du ciel je vis venir un ange.
Ses ailes, qui jetaient comme un reflet de Dieu,
Traçaient au firmament un long chemin de feu.
Son écharpe d'argent, légère, transparente,
Dans l'air flottait ainsi qu'une vapeur errante.
Son visage était doux et son regard divin.
Il tenait une harpe éclatante en sa main.
Un instant il plana dans la voûte éternelle ;
Puis soudain, s'élançant d'un revers de son aile,
Comme un astre qui file il descendit vers moi.
Mon cœur tremblant était rempli d'un saint émoi.
— « Calme tes sens, enfant », dit-il d'une voix douce
Comme un gazouillement de brise sur la mousse ;
« C'est ton ange qui vient te parler dans la nuit.
« Écoute et vois là-haut ; là-haut ton astre luit.

« Ton Dieu t'a distingué dans la foule qui passe,
« Il t'a marqué du sceau qui jamais ne s'efface ;
« Va donc et dans le monde enfin prends ton essor.
« Poète, lève-toi, voici la harpe d'or.
« Elle chanta longtemps entre les mains des anges,
« Du Maître universel les célestes louanges.
« Qu'aujourd'hui sous tes doigts elle résonne encor.
« Lève-toi ! lève-toi ! voici la harpe d'or. »

Et je fus en extase ; et je sentis mon âme
Fondre comme la cire au contact de la flamme ;
Et tout fut rayonnant, comme si le soleil
Était, auprès de moi, venu dans mon sommeil ;
Et des flots de parfums, pareils à l'ambroisie,
Passèrent sur mon front ivre de poésie.

Je pris la harpe d'or et je laissai ma main
Glisser, en frissonnant, sur la corde d'airain.
Il en sortit un chant doux comme un chant de fête.
Je dis : merci, Seigneur ! et j'inclinai ma tête.

Et l'ange s'envolant répéta dans la nuit :
« Marche et regarde en haut ; en haut ton astre luit. »

Alors je regardai de l'âme tout entière ;
Et je vis au lointain, faible et pâle lumière,
S'élever une étoile à l'orient d'azur.
Comme un regard du ciel brillait son rayon pur.
Et je vis aussitôt comme des taches sombres
Qui cherchaient à voiler l'étoile de leurs ombres,
Et toujours, et toujours, jusqu'au moment de paix
Où dans le grand rayon elle fut pour jamais.
Et j'entendis alors comme des voix divines
Chanter un chant de gloire au-dessus des collines ;
Et mon cœur tressaillit, car l'écho du vallon
A cent noms célébrés mêla parfois mon nom.

1842.

RÊVERIE.

Souvent j'erre, le soir, le long de la colline,
Lorsque s'est assombri le donjon en ruine,
  Qu'en bas dort le gazon,
Que la lune pensive au bord du ciel se penche
Et, comme en longs regards, verse sa clarté blanche
  Du haut de l'horizon ;

Lorsque le laboureur, sa tâche terminée,
Satisfait de l'effort de sa longue journée,
  Repose en son réduit ;
Que tout bruit a cessé dans la calme vallée,
Que des grands monts lointains la crête dentelée
  Disparaît dans la nuit ;

Quand la brise assoupie et que l'on sent à peine
A replié son aile et retient son haleine
  Dont s'embaume le bois ;
Quand les nids sont muets au milieu du feuillage,
Que le ruisseau, qui fuit comme le soir de l'âge,
  Semble adoucir sa voix.

C'est qu'alors, sans penser aux misères du monde,
Dans une douce extase où l'espérance abonde,
  J'aime à me recueillir ;
C'est qu'élevant son vol au-dessus de tout doute,
Mon âme cherche en paix son sentier ou sa route,
  Au seuil de l'avenir.

        1840.

LE MENDIANT.

A LAMARTINE.

Ce jour-là, c'était fête au village voisin.
De la vallée aussi j'avais pris le chemin ;
Car, plus jeune, j'aimais à suivre, les dimanches,
Dans les hameaux joyeux, peuplés de maisons blanches,
La foule qui, marchant pleine de douces voix,
Longeait les verts sentiers cachés au bord des bois.
On n'entendait au loin que des chants dans la plaine.
Les oiseaux gazouillaient en chœur à perdre haleine,
Et les gais jeunes gens, heureux et souriants,
Faisaient tout retentir de leurs propos bruyants.
Tout à coup, au milieu de cette ivresse folle,
Passèrent quelques mots plaintifs, grave parole.
Je regardai. C'était, sur le bord du chemin,
Un vieillard en haillons qui nous tendait la main.
Pauvre homme, il sanglotait. Attristé, je m'arrête.
De ces mille passants qui couraient à la fête
Et qu'implorait sa voix tremblante de douleur,
Je fus le seul, hélas ! qu'arrêta son malheur.
Je m'approchai, jetant dans sa sébile vide
L'aumône dont le pauvre est forcément avide.

Sa bouche me sourit. Parfois un peu d'argent
Suffit pour soulager le cœur de l'indigent.
— Oh! merci, me dit-il, et que Dieu vous protège!

Comme il était brisé! Ses longs cheveux de neige
Semblaient tomber exprès de son front sillonné
Pour cacher son visage osseux et décharné.
Son pied tremblait sous lui; sa main pouvait à peine
Aider son pauvre corps d'un long bâton de chêne.
Plus d'azur pour ses yeux, de rayon clair et beau.
On l'eut pris pour un mort revenu du tombeau.
Mon cœur saignait de voir sur lui tant de misère.
— Votre chemin fut donc bien pénible, ô mon père!
M'écriai-je; on croirait, tant vous paraissez las,
Que sur vous ont fondu tous les maux d'ici-bas.

— C'est vrai, répondit-il; d'autres ont en partage
La joie et les beaux jours; moi, je n'eus que l'orage.
Ainsi Dieu l'a voulu: que son nom soit béni.
Et pourtant je n'ai pas, pour en être puni,
Et pour rouler ainsi jusqu'au fond de l'abîme,
Trempé mes premiers ans à la source du crime.

Je voulus dans son cœur verser un peu de miel:
— Dieu frappe ici, repris-je, et récompense au ciel.
Espérez! Oui, souvent, sur la terre où nous sommes,
Il accable de maux les plus justes des hommes;
Mais quand vient le moment du céleste retour,
Ils sont les bienvenus au royaume d'amour.
Espérez! — O mon fils! depuis longtemps j'espère
Et je souffre toujours. — Job fut guéri, mon père.

Alors je le priai de me conter ses maux.
— Mes larmes couleront, dit-il, en longs ruisseaux.
Cependant, car votre âme en mots de paix abonde,
Je veux bien tout vous dire. Oh! combien dans ce monde,
Depuis que je vais seul traînant partout mes pas,
Oh! combien j'ai souffert, combien je souffre, hélas!
Mais gagnons quelque endroit où tout ce bruit s'émousse.
Vos jours sont beaux. Enfant, car à votre voix douce
Je juge que votre âge est encor dans sa fleur,
Enfant, que Dieu vous laisse à jamais le bonheur!

Je pris sa main tremblante et dirigeai sa marche.
Sous l'abri de rameaux qui se courbaient en arche,
Loin des groupes bruyants de la fête, il s'assit.
Et le pauvre vieillard commença son récit.

*
* *

— « Un doux soleil aussi caressa mon enfance,
Dit-il; je fus aussi bercé par l'espérance.
Mille fleurs qu'éveillait le rayon du matin
Du jeune adolescent parèrent le chemin.
Non pas comme aujourd'hui que le malheur me broie,
Chez tous j'étais reçu bras ouverts, avec joie.
Oh! j'étais bien heureux alors! Ainsi qu'un roi,
Je possédais de l'or; oui, j'étais riche, moi.
Quand mes désirs parlaient, tout aussitôt ma mère,
Avec un doux sourire, exauçait ma prière.
Voitures et chevaux, laquais au teint vermeil,
J'avais tout cela, moi, pour courir au soleil.
A mes yeux la lumière; à mon cœur l'allégresse;
A moi l'air et les champs, le bonheur et l'ivresse;

A moi tout ! Mais ces jours devaient durer bien peu.
Pourquoi, de tant de coups, m'avoir frappé, mon Dieu ?

« Suivant de ses aïeux la carrière chérie,
Mon père, avec leurs biens, reprit leur industrie.
Tout secondait les vœux que son cœur avait faits.
Il pouvait, sous le chaume, épandre ses bienfaits.
Il pouvait, du bonheur qu'il versait sur sa route,
A tous les cœurs meurtris dispenser quelque goutte.
Chaque toit le voyait ; et c'était, chaque jour,
Mille bienfaits nouveaux répandus alentour.
Avec quel doux transport, quel céleste délice
Il nous disait l'heureux qu'avait fait sa justice !
Comme son cœur battait et comme son accent
Faisait pleurer de joie et la femme et l'enfant !
Puis, m'attirant à lui, caressant : — Fais de même,
O mon fils ! disait-il ; les bons cœurs, Dieu les aime.

« Ainsi je grandissais. Mais, ô douleur ! un soir,
Sombre et chagrin, mon père entre nous vint s'asseoir.
Des larmes qui coulaient sur son pâle visage
Sa main tâchait parfois d'essuyer le passage.
On eut dit qu'il voulait, trompant notre bonheur,
Voiler à nos regards les traits de sa douleur.
Alors d'une voix douce et cachant ses alarmes,
Ma mère l'interroge au sujet de ses larmes,
Lui demande, en tremblant, quel revers, quel souci
Quel malheur imprévu peut l'affliger ainsi.
— Quel malheur ! répond-il ; oh ! craignez de l'apprendre.
Vos cœurs se briseraient si vous pouviez m'entendre.
O femme ! ô fils ! hier richesse, honneur, bonheur ;
Aujourd'hui pauvreté, misère, déshonneur. —

Il nous raconte alors que, plein de confiance,
Croyant trouver en lui droiture et conscience,
Il s'était, à quelqu'un qui l'en avait prié,
Pour une affaire sûre, un jour associé ;
Que le traître venait de fuir en Angleterre,
Riche, mais dépouillant, ruinant son confrère ;
Qu'assigné, poursuivi par tous ses créanciers,
Lui seul, dans les prisons, sous la main des geôliers,
Demain, déshonoré, flétri comme un coupable,
Expierait le forfait, le vol d'un misérable ;
Qu'il sentait que bientôt, succombant sous l'effort,
Il mourrait ; qu'à la honte il préférait la mort.

« Ma mère, à ce récit, défaillante, accablée,
Demi-morte, à ses pieds, hélas ! s'était roulée.
Moi, je n'entendais plus ; moi, je ne voyais plus
De bien, de mal, de mort qu'un mélange confus.

« Que ne puis-je oublier ces longs jours de tristesse !
Mais ils sont là poignants, là toujours, là sans cesse.

« Traîné comme un escroc, de cachot en cachot,
Mon père loin des siens devait mourir bientôt.
Ma mère, qu'étreignait l'affreuse maladie,
Voyait, comme un flambeau, pâlir sa belle vie.
J'essayais vainement de verser en son cœur
Quelques gouttes d'espoir, baume consolateur.
Elle me répondait : ô mon fils ! comment vivre ?
N'entends-tu pas ton père ? Il nous dit de le suivre.
Oh ! viens ; nous serons mieux avec lui dans le ciel
Que seuls sur cette terre où nous buvons le fiel. —

Et son regard brillait d'une clarté divine,
Et son bras m'enlaçait, puissant, sur sa poitrine,
Comme si, m'emportant au céleste séjour,
Au gouffre elle eut ravi l'objet de son amour.

« Un matin, avec moi, se sentant moins malade,
Elle voulut dehors faire une promenade,
Revoir encor les lieux où si souvent sa main
Donnait à l'indigence et le bois et le pain,
Où sa voix consolait les peines, les tristesses,
Où tous venaient bénir son cœur et ses richesses.
Hélas ! elle croyait qu'allégeant ses malheurs,
Ses amis à ses pleurs viendraient mêler des pleurs,
Et que chacun, priant pour elle, pauvre femme,
Demanderait à Dieu du calme pour son âme.
Mais, au lieu d'accourir embrasser ses genoux
Comme naguère, tous se détournaient de nous
Et, d'un air de mépris nous bravant au passage,
Quelques-uns nous jetaient de la boue au visage.

« Oh ! pour elle vraiment c'en était trop ! La mort,
Dans mes bras, à ce coup, le soir, finit son sort.
Malheureux ! que de pleurs inondèrent sa couche !
Que j'étreignis sa main, que j'y collai ma bouche !
— O ma mère ! criais-je, ô mère ! éveille-toi.
Ah ! tu dors, n'est-ce pas ? Réponds-moi ; parle-moi.
Mourir ! Non, non, le ciel ne veut pas que tu meures.
Ne dois-tu plus veiller sur ton fils ? De tes heures
La dernière sera la sienne. Éveille-toi.
Si quelqu'un doit mourir, mère, que ce soit moi. —
J'étais fou de douleur. Bientôt, sous la souffrance,
Je tombais près du lit, pâle et sans connaissance.

« Le lendemain, un prêtre, homme de charité,
Sans qu'une âme que moi, priant, eut sangloté,
Au champ des morts, rendit sa dépouille à la terre.
J'étais donc resté seul, seul avec la misère ».

Sa poitrine s'était soulevée et sa voix
S'étouffa. — Bon vieillard, lui dis-je, quelquefois
La douleur, je le sais, abat; mais près des vôtres
Que sont tous les malheurs dont gémissent les autres?
Voir ainsi s'en aller tour à tour au tombeau
Père et mère, et la joie et l'espoir du berceau;
Se sentir, juste et bon, punir comme le crime,
Oui, c'est souffrir cent fois les tourments de l'abîme.
Comment sous tant de maux restâtes-vous debout?

Relevant son front pâle, il reprit tout à coup:
— « Non, vous ne pouvez pas, vous que la joie enflamme,
Comprendre quels chagrins fondirent sur mon âme;
Sonder avec votre œil l'abîme dévorant
Où je fus, pour jamais, précipité mourant;
Du désespoir affreux qui nuit et jour tourmente,
Non, vous ne pouvez pas sentir la flamme ardente
Qui de ce corps brisé dévora la vigueur;
Non, vous ne pouvez pas comprendre ma douleur!

« Que faire? Repoussé, chassé par tout le monde,
N'ayant plus sur mon corps qu'un vêtement immonde,
Hâve, sentant la faim à grands pas accourir,
Je criai: Viens, ô mort! et je voulus mourir.
Ma main déjà, ma main à frapper était prête:
Soudain une pensée, éclair dans ma tempête,
En dessillant mon cœur, vint arrêter mon bras:
Ils sont au ciel, me dis-je, et moi je n'irais pas.

« Mais pour trouver la mort, cette mort que j'appelle,
Une route s'ouvrait et plus noble et plus belle.
La révolution dans la France éclatait.
Aux bourgs comme aux cités, partout on s'agitait
L'étranger menaçant était à la frontière.
De la patrie alors saluant la bannière,
Comme tous entraîné, je voulus y courir.
Deux ans j'y combattis, et je ne pus mourir.

« Je ne vous dirai pas, ô jours pleins de vaillance !
Les hauts faits éclatant de ces fils de la France
Qui, faits soldats d'hier, fermes dans le danger,
Par leur seule valeur chassèrent l'étranger.
Je ne vous dirai pas nos rapides conquêtes,
La fuite des Germains, nos gloires, leurs défaites ;
Chaque combat, pour nous, apportait un succès.
Alors qu'on était fier, mon fils, d'être français.
Français ! bientôt ce nom fit chanceler des trônes ;
Bientôt ce nom brisa l'orgueil de vingt couronnes.
Et, résonnant partout comme le bruit des flots,
Au fond de l'univers éveilla des échos.
Heureux, dans mon malheur, si mes yeux, pleins de vie,
Avaient pu voir l'éclat dont brilla la patrie.

« Un jour que le succès, quelque temps incertain,
Semblait enfin pencher du côté du Germain,
Le général accourt : — Quatre cents volontaires
Pour chasser du plateau les hordes étrangères ! —
Un flux se précipite et, courant avec eux,
Comme eux, pour le pays, j'affronte mille feux.
C'est en vain que sur nous, au fort de la bataille,
Les canons ennemis vomissent la mitraille.

2

Ni le fér, ni le feu, ni le plomb, ni la mort,
Rien ne peut arrêter notre brûlant transport.
Au cri de liberté la colline est gravie.
On s'attaque, on se mêle, on frappe avec furie.
Que de sang répandu ! que de chairs en lambeaux !
Que de soldats couchés autour des fiers drapeaux !
Moi-même, tout meurtri, dans la poussière noire
Je tombe ; et je criais encor : France ! Victoire !

« Quand je repris mes sens, plus de cris, plus de bruit.
Seuls, des râles parfois s'entendaient dans la nuit.
Loin de ces lieux de sang je me traînai dans l'ombre.
Que la nuit à mes yeux paraissait lourde et sombre !
Que le soleil tardait ! hélas ! j'attends encor
L'éclat de ce soleil et ses clairs rayons d'or.

« Aveugle ! oui, je l'étais. O douleur trop amère !
A vingt ans orphelin, pauvre, plein de misère,
Il ne me manquait plus, ici-bas, qu'un malheur,
La cécité profonde ; et je l'eus, ô Seigneur !

« Que vous dire ? Accablé de plus d'une blessure,
Sans secours, sans appui, j'errais à l'aventure.
Quelquefois cependant je sentais dans ma main
Avec un mot du cœur tomber un peu de pain.
Quelquefois une main, oh ! mais c'était si rare !
Me tirant du sentier dont le tournant égare,
Me guidait vers les lieux que mon cœur désirait.
Mais, seul le plus souvent, perdu dans la forêt,
Mourant de faim, de soif sous un soleil intense,
Au milieu des ravins j'errai plein de souffrance.

Que de fois je tombai dans le creux du chemin,
Sans haleine, sans vie, au ciel levant les mains !
Que de fois j'implorai ce ciel et toi, ma mère !
O peine ! et lorsqu'enfin je touchai cette terre
Où mon regard brilla pour la première fois,
Je ne pus m'écrier : Terre, je te revois !

« C'est depuis lors qu'errant, brisé, de place en place,
N'ayant plus pour tout bien qu'une pauvre besace,
Comme un vil vagabond je vais traînant mes jours.
Quand je voudrais mourir j'appelle du secours,
Et cette vieille main, par la balle engourdie,
Sur le bord des chemins va se tendre et mendie.
Hélas ! je suis content quand j'ai, pour mon repas,
Quelques restes épars qu'on jette sous mes pas ;
Quand, pour dormir, je trouve un brin sec de broussaille
Dans l'étable où le bœuf repose sur la paille ;
Car je n'ai pas toujours, mon fils, en mon chemin,
D'herbe pour mon sommeil ni de pain pour ma faim.
Souvent, lorsque l'hiver rigoureux, redoutable,
Souffle, qu'on tremble assis près du foyer d'érable,
Moi, comme un chien, par tous sans pitié repoussé,
Mourant, je n'eus pour lit que le pavé glacé.
Souvent, quand le banquet où tout souci se noie,
S'animait débordant d'abondance et de joie,
Moi, rongé par la faim, étreint par les douleurs,
Assis au seuil, je n'eus pour repas que mes pleurs.
Car l'homme est ainsi fait : aux hommes il préfère
Les seuls et vains plaisirs dont il se désaltère.
Oh ! Qu'est-ce alors pour lui qu'un vieillard demi-mort,
Qui sous ses maux poignants et s'agite et se tord ?
Un mot pourrait calmer la douleur qui l'accable ;
Il se lève et lui dit : arrière, misérable.

« Depuis longtemps, si Dieu ne m'eût tendu la main,
Le désespoir m'aurait tué sur le chemin ;
Oh ! depuis cinquante ans, à la misère en proie,
J'ai bien souffert ; je n'eus pas un rêve de joie ;
Un rêve, c'est bien peu, mon fils, je ne l'eus pas.
Toujours sur mon sentier, abîme pour mes pas,
Au lieu du doux soleil et de la douce ivresse,
Toujours la nuit affreuse et l'affreuse détresse.
Hier encore, — jamais je ne souffre à demi —
Le chien qui me guidait, m'aimait, mon seul ami,
Eh ! bien, oui des passants, ivres ou fous peut-être,
Hier ici l'ont tué dans les bras de son maître.
J'implorai ; vain espoir et l'aveugle tremblant
N'avait plus de soutien pour son pied chancelant.

« O mon Dieu ! n'ai-je pas assez sur cette terre,
Ployé sous le fardeau pesant de ma misère ?
N'ai-je pas assez bu, sur mon chemin cruel,
De ma coupe sans fond l'amertume et le fiel ?
Daigne enfin regarder le vieillard qui t'implore.
Il succombe à ses maux, et si sa voix encore,
Faible et lente, s'élève au sein de son malheur,
C'est pour crier vers toi : Pitié, pitié, Seigneur !
Comme au pauvre lépreux étendu sur sa couche,
Mon Dieu, tends-moi la main, que ma douleur te touche.
Ce ne sont pas les biens du monde que j'attends,
C'est la tombe. O mon Dieu ! prends-moi ; n'est-il pas temps ?»

*
* *

Ainsi dit le veillard. Longtemps sa blanche tête
Resta tournée en haut ; et le bruit de la fête,

S'élevant par instant courait à l'horizon
Comme un soupir joyeux des brises du vallon.
Moi, j'étais écrasé sous le poids de la peine,
Des souffrances sans fin dont sa route fut pleine.
Il me semblait sentir ensemble sur mon cœur
Tomber tant de chagrin, fondre tant de douleur.
Des sanglots comprimés me brisaient la poitrine.
Alors le mendiant, d'une voix qui décline :
— « Oh ! vous, soyez heureux, me dit-il ; que la paix
Qui m'a quitté vous couvre, ô mon fils ! à jamais ;
Que le ciel vous sourie à votre dernière heure,
Car vous avez pitié du malheureux qui pleure. »

ENVOI.

Du pied d'un vieux chêne qui ploie,
Battu par le vent des hivers,
Avec mes vœux je vous envoie,
Maître, quelques-uns de mes vers.

Au bruit de la feuille qui tombe
Mêlant les accents de ma voix,
Triste, j'ai gémi sur la tombe
Du pauvre qui dort dans nos bois.

Vous chantez où la foule gronde ;
Je bégaie à peine au vallon.
Votre grand nom remplit le monde ;
Un écho seul connaît mon nom.

On m'a dit, mais dois-je le croire :
Va ; l'avenir est devant toi.
La seule ombre de votre gloire
Aurait assez d'éclat pour moi.

1842.

LA CROIX DE PIERRE.

Là bas, sous quatre ormeaux courbés par la tempête,
Sur le bord du sentier où le rocher finit,
Une croix blanche et vieille, ébréchée à la tête,
  Penche ses deux bras de granit.

Elle cache son pied sous le lierre sauvage,
Compagnon, dans ce lieu, du troène et du houx.
On croirait, à la voir inclinée à l'ombrage,
  Une mendiante à genoux.

Bien souvent le chemin a semé sa poussière,
Le chêne a bien souvent reverdi ses rameaux,
Bien des ans ont passé depuis que cette pierre
  Se dresse ainsi sous ces ormeaux.

Il semble que le temps, de sa main invisible,
Ne frappe qu'à demi ce signe de la mort,
Pour laisser aux méchants un exemple terrible
  De la justice d'un Dieu fort.

Or, c'était à minuit, heure, hélas! qu'on redoute,
Où la lune, en tremblant, se voile et disparaît;
Heure où le voyageur, égaré dans sa route,
　　　Tombe aux pièges de la forêt.

Lugubre était le ciel. Des nuages sans nombre
Vomissaient, en fuyant, la neige par flocons.
La tourmente soufflait et des râles, dans l'ombre,
　　　Paraissaient monter des vallons.

Un vieillard cependant, sur le sentier rapide,
Au milieu des rochers marchait à petits pas.
En faisant sa prière, il cheminait sans guide,
　　　Comme un homme qui ne craint pas.

C'était un saint ermite habitant la montagne.
Il venait d'assister, à son dernier moment,
Un malheureux tombé, là bas, dans la campagne
　　　Et qu'avait brisé le tourment.

Il s'en revenait donc, quand, sortant de la roche,
Un brigand tout à coup se montre menaçant.
Il brandit sa massue, il rugit, il approche.
　　　— Protège-moi, Dieu tout puissant!

Ainsi dit en son cœur le pauvre et faible ermite.
Puis, se signant trois fois, à genoux, éperdu,
Il attend qu'en la tombe un coup le précipite.
　　　Mais le brigand a disparu.

Le lendemain, chacun disait dans le village :
Dieu n'abandonne pas ceux qui pensent à lui.
Il frappe le méchant, sa main guide le sage,
    Du faible son bras est l'appui.

On trouva le bandit, quand cessa la tempête,
Couché mort sous la neige où le rocher finit.
Ce fut où cette croix, ébréchée à la tête,
    Penche ses deux bras de granit.

1841

LE LAC.

Qu'il est doux de voguer sur l'onde caressante
Quand le silence au loin s'étend avec la nuit !
Hélas ! le temps ressemble, en sa marche inconstante,
    Au flot tranquille ou plein de bruit.

La rame, en retombant sous ma main qui l'agite,
Trace au cristal du lac comme un cercle d'argent
Qui, répété cent fois, court et se précipite,
    Lumineux sur l'azur changeant.

Ainsi que, dans les bois, soupire la colombe,
Aux deux flancs du canot, qui semblent l'attirer,
La vague, cœur trop plein, qui se gonfle et retombe,
    Avec amour vient soupirer.

La lune, à son coucher, du sommet des montagnes,
Jette un dernier regard vers les blancheurs du bord.
On dirait une vierge, à ses pâles compagnes,
Souriant même à l'heure où va venir la mort.

Que cette paix des nuits est pénétrante et douce !
Tout est calme et repos ; nulle plainte dans l'air.
Parfois on croit ouïr, chant perdu qui s'émousse,
    Les astres rouler dans l'éther.

Des lambeaux de brouillard, pareils à de longs voiles,
Lentement soulevés, couvrent le bord lointain.
D'en haut, dans le flot pur, les blancs essaims d'étoiles
    Baignent leur rayon incertain.

Oh ! cachez à mes yeux les rives de ce monde
Brouillards dont les vapeurs au loin semblent dormir.
Trop souvent, sur nos fronts, l'autan là souffle et gronde
    Trop souvent l'âme y vient gémir.

Ici l'on est si bien entre deux cieux immenses,
L'un au-dessus des airs, l'autre au-dessous des eaux.
Mon Dieu, loin de mon cœur écartez les souffrances ;
    Mon Dieu, laissez-moi sur ces flots.

1841.

LE VIEUX SOLDAT.

Qu'il soit comblé d'honneurs l'heureux fils de la France
Qui, dans les rangs guerriers, affronta les combats !
Qu'il soit chéri de tous ; qu'on chante sa vaillance ;
    Qu'on sème des fleurs sous ses pas !

Qui, lorsque l'étranger menaçait la frontière,
S'élança, plein d'ardeur, les armes à la main ?
Qui, de nos libertés brandissant la bannière,
Sut dans les rangs heurtés se frayer un chemin ?
    Qui sut abattre la muraille
    D'où tombaient boulets et mitraille
    Comme une grêle sous le vent ?
    Qui, sur le rempart qui s'écroule,
    Donnant cet exemple à la foule,
Ecrasa l'ennemi sous son pied triomphant ?

Qui, sur les bords du Nil, au pied des Pyramides,
Aux vieux échos thébains fit répéter son nom ?
Qui vainquit au désert les Arabes rapides,
Dont les coursiers fougueux vont comme l'aquilon ?

Qui de nos bannières flottantes
Arbora les couleurs brillantes
Au haut du sacré minaret ?
Qui renversa dans la poussière
Les peuples de l'Afrique altière
Dont la voix vainement implora Mahomet ?

Comme Annibal vainqueur, qui franchit des montagnes ?
Qui dans Rome porta la terreur et l'effroi ?
Qui fit trembler Madrid, la reine des Espagnes ?
Qui devant soi vit fuir armée et peuple et roi ?
Qui combattit à Ratisbonne ?
A Wagram, Eylau, Barcelonne ?
Qui fit frissonner Albion ?
Qui répéta cent fois victoire !
Qui couronna son front de gloire
Quand l'aigle de l'empire étreignait le lion ?

Qui planta son drapeau sur cent donjons en cendre ?
Qui vit autour de soi des monceaux de mourants ?
Qui prit plus de cités que n'en prit Alexandre ?
Qui vit à ses genoux les princes et les grands ?
Qui brisa l'orgueil des vieux trônes ?
Qui jeta les vieilles couronnes
Aux flots de la Seine et du Rhin ?
Qui régna dans vingt capitales ?
Qui, sur des plages glaciales,
Alla se réchauffer aux flammes du Kremlin ?

Qui, du nord au midi, du couchant à l'aurore,
Sur chaque monument imprima ses hauts faits ?
Qui répandit son sang, qu'il offrirait encore
Pour venger contre tous l'honneur du nom français ?

Qui braverait encor la foudre ?
Qui ferait mordre encor la poudre,
Sous son épée, aux bataillons ?
Qui crierait encor : guerre ! guerre !
Qui, sur le front de l'Angleterre
Imprimerait encor le fer de ses talons ?

C'est lui, c'est toujours lui, l'heureux fils de la France !
Que son front soit orné du laurier des combats !
Qu'il soit chéri de tous ; qu'on chante sa vaillance ;
Qu'on sème des fleurs sous ses pas !

1840.

ELLE.

Quand paraît au vallon, clarté que rien n'efface,
Une vierge au front pur, au maintien plein de grâce,
Aux cheveux noirs flottant sur un cou de satin ;
Une vierge aux grands yeux où le ciel semble luire,
A la voix séraphique, au chaste et doux sourire
     Comme fait d'un reflet divin,

Oh ! méchants qui passez, détournez-vous ; c'est elle ;
De votre souffle impur ne souillez pas son aile ;
D'ombre ne voilez pas le rayon de ses yeux ;
Regardez-la de loin, courbés dans votre fange,
Regardez-la de loin comme on regarde un ange
     Qui plane dans l'azur des cieux.

Moi seul, moi seul, je dois la contempler sans cesse ;
Moi seul, dans son regard je dois puiser l'ivresse ;
Sa voix, son front, son cœur, c'est à moi, c'est à moi.
Dieu qui me l'a donnée en une heure de fête,
Dieu m'a dit : aime-la ; c'est ta Muse, ô poète !
     Souris et chante, elle est à toi.

                              1841.

LA FIANCÉE DU PÊCHEUR.

Elle errait sur la rive en sa douleur profonde
Et plongeait, au lointain, son regard sur les flots.
Elle mêlait sa voix au murmure de l'onde,
Et nul n'y répondait, pas même les échos.

— « Déjà le jour fuit et s'efface ;
Les ombres ramènent le soir,
Et la cloche qui, dans l'espace,
Jette un pieux accent qui passe,
Me rend à peine un peu d'espoir.

« Comme une lampe vacillante
Dans le temple de l'Éternel,
Déjà la lune blanchissante
Epanche sa clarté naissante
Du haut de la voûte du ciel ;

« Et je n'aperçois pas la voile
Qui doit te ramener au port,
Brillant au loin comme une étoile
Ou flottant comme le blanc voile
Que ma main lève sur ce bord.

« Ce matin, en quittant la rive,
Tu m'as dit : A ce soir ! hélas !
Et comme la vague plaintive,
La nuit sur le rivage arrive,
Et toi, Sténos, tu ne viens pas.

« Des yeux j'ai suivi ta nacelle,
Longtemps, longtemps pour te bénir.
Mon âme voguait avec elle
Comme si dans ce port fidèle
Tu ne devais plus revenir.

« La mer a battu le rivage ;
L'éclair a brillé plein d'horreur ;
Les vagues ont mugi de rage ;
Mais alors, ô Sténos ! l'orage
Grondait plus terrible en mon cœur.

« J'ai courbé mon front jusqu'à terre,
Du ciel appelant les bienfaits.
Le ciel a chassé le tonnerre ;
Mais le calme de l'onde amère
N'a pu me rapporter la paix.

« Que vois-je ? Une barque lointaine
Etend son aile sur les eaux.
Sténos, viens-tu finir ma peine ?
Mais non, c'est la lune incertaine
Qui brise un rayon sur les flots.

« Hélas ! plus d'espoir qui m'enivre.
Sténos est parti pour toujours.
Ah ! je le sens, je vais le suivre.
Loin de lui s'il me fallait vivre
Ce serait mourir tous les jours. »

On ne l'entendit plus, et, sur le bord de l'onde,
Une ombre s'affaissa, chancelante et sans bruit.
Comme un frisson passa sur la nappe profonde . . . .
Tous les deux reposaient dans l'éternelle nuit.

1841.

A UNE JEUNE FILLE

Venez près de moi, jeune fille.
Que je vous aime, ô ma gentille !
Avec ce corsage nouveau !
Vous êtes plus svelte et plus belle
Que la folâtre demoiselle
Qui se mire dans le ruisseau.

Sur mon front songeur qui se penche
Venez jeter, colombe blanche,
Quelques rayons de votre œil noir.
Venez caresser d'un sourire,
D'un mot les notes de ma lyre
Aussi chaste que votre espoir.

Ainsi que le lis des vallées,
Vos longues tresses déroulées
Sont pleines de douces odeurs.
Chantez avec votre voix d'ange,
Chantez avec moi la louange
Du Dieu qui nous donne des fleurs.

Vous aimez les fleurs, la verdure,
Le bois où quelque lent murmure
S'élève grave et solennel.
Votre cœur, rempli d'allégresse,
A la gaîté de la jeunesse,
Le bonheur des hôtes du ciel.

Mais quoi, sur votre beau visage
Je vois passer comme un nuage ;
Vous cachez votre front si doux ;
Vous détournez vos yeux humides
Et soupirez. Quels maux rapides
Sont donc venus fondre sur vous ?

A-t-on ravi les tourterelles
Qui vous caressaient de leurs ailes
Et que vous baisiez tour à tour ?
Aurait-on vu sous la feuillée,
Leur plume blanche éparpillée
Sous la serre d'un noir vautour ?

Est-ce que la sombre tempête
Aurait, soufflant sur votre tête,
Flétri vos corbeilles de fleurs,
Brisé vos balisiers superbes
Et jonché les verts tapis d'herbes
De vos lis aux blanches couleurs ?

Ne pouvez-vous plus, dans les plaines,
Vous jouant au bord des fontaines
Où se mire l'oiseau des bois,
— Votre peine en serait bien grande —
Faire, comme la fée Urgande,
Tomber des perles de vos doigts ?

Oh ! le beau papillon qui passe !
Il vole, il vole et, dans l'espace,
Brille d'or et de vermillon.
Serait-ce donc que sur la rive,
Vous auriez, quoique alerte et vive
Manqué quelque beau papillon ?

Peut-être alors, dans votre course,
Franchissant tout, fossés et source,
Forêt de bruyère et de thym,
Avez-vous aux buissons de rose,
Déchiré, souvenir morose,
Echarpe et robe de satin?

Dites ! est-ce que votre mère
Vous a parlé d'un ton sévère,
Comme on gronde un enfant méchant ?
De soins vous êtes occupée.
Vous manque-t-il une poupée
Ou bien quelque jouet d'argent ?

Non. Elle a ses deux tourterelles,
Bouquets de fleurs, roses nouvelles,
Et poupée et papillon d'or.
L'arbre ne l'a pas déchirée ;
Elle a collier, robe parée ;
Ses balisiers sont beaux encor.

C'est que sa quatorzième année
Depuis quelques jours est sonnée ;
C'est qu'elle sent battre son sein ;
C'est que.... Le sait-elle elle-même ?
Le jeune cavalier qu'elle aime,
Tout bas, le lui dira demain.

1842.

AMOUR.

Au matin, le rayon qui brille
Aime à se jouer sur les eaux ;
Le lac, qui bruit et scintille,
A baigner au bord les roseaux.

Le ruisseau, que la source épanche
Sous un ciel d'été toujours pur,
Aime à voir le lis qui se penche
Se mirer dans ses flots d'azur.

L'insecte éclatant qui s'envole
Aime à nager dans un rayon :
L'oiseau dont la note console,
Aime à gazouiller au vallon.

Au pied de la verte colline,
Le papillon aux ailes d'or,
Des fleurs, dont la coupe s'incline,
Aime à boire le doux trésor.

La lune aime, éclairant les voiles,
A rêver, pâle sans couleurs,
Dans le ciel, parmi les étoiles,
Dans les étangs, parmi les fleurs.

Ainsi qu'une fée invisible,
Elevant, abaissant la voix,
La brise, d'un souffle insensible,
Aime à soupirer dans les bois.

La barque, avec son aile blanche,
Aime à voler sur les flots bleus,
Comme l'alcyon qui se penche,
Rasant le lac, pour voir les cieux.

La liane, dans la savane,
Courant de rameaux en rameaux,
Aime à s'attacher au platane,
A pendre en festons sur les eaux.

La colombe aime le silence,
L'aigle, les airs dont il est roi,
Le souffrant, lui, c'est l'espérance,
Et moi, ce que j'aime, c'est toi.

J'aime à recueillir ta voix douce
Qui laisse aller en sons touchants,
Ainsi que des flots sur la mousse,
Les notes pures de tes chants.

J'aime à presser ta main tremblante ;
Dans l'ombre où l'on ne peut noûs voir,
J'aime à suspendre, frémissante,
Ma lèvre à ta lèvre le soir.

J'aime à dérouler sur ta joue
Les noirs anneaux de tes cheveux,
J'aime, sous ta main qui se joue,
A sentir se fermer mes yeux.

Assis au pied de la falaise
Où blanchit le flot en courroux.
J'aime, voyant la mer mauvaise.
A reposer à tes genoux.

J'aime, sur tes lèvres mi-closes,
A sentir ton souffle de miel
Passer comme un parfum de roses
Venu des campagnes du ciel.

J'aime à t'entrevoir sous la lune,
Glisser à pas légers, sans bruit,
Telle qu'une sylphide brune,
Qui vole et passe dans la nuit.

J'aime à sentir sur mon épaule
S'appuyer ton front gracieux.
J'aime à savourer ta parole,
Ainsi qu'un vin délicieux.

Les yeux ont des reflets de l'âme :
J'aime à voir, au déclin du jour,
Tes yeux, où rayonne sa flamme,
Penchés, m'envelopper d'amour.

J'aime à voir un divin sourire,
Sur ta bouche aux fraîches couleurs,
Se jouer aux chants de ma lyre,
Ainsi qu'un rayon sur des fleurs.

J'aime à penser que, sur la terre,
Pour toujours nous donnant la main,
Au flot d'ivresse et de mystère,
Nous boirons ensemble en chemin.

                                    1842.

LE VAGABOND.

Un enfant mendiait sur le bord du chemin.
A genoux et le front courbé dans la poussière.
Oh! donnez! disait-il aux passants ; j'ai bien faim ;
  Je n'ai plus ni père ni mère.
Du pain ! s'il est trop sec, mes pleurs l'arroseront.
Et les passants disaient, repoussant sa prière :
  Qu'on arrête le vagabond !

1840.

LE POÈTE.

A VICTOR HUGO.

Parfois, s'élançant des abîmes
Où mugit le flot furieux,
L'aigle, au-dessus des hautes cimes,
Porte son vol audacieux.
Que lui font les vents, les orages !
Sur le flanc sombre des nuages
Il passe comme les éclairs.
Il monte et, bravant la tempête,
Bientôt il élève la tête
Et plane en paix au haut des airs.

De même, tendant sa grande aile,
Le poète un jour prend son vol,
Et, pour la lumière éternelle,
Quitte l'ombre de notre sol.
Vainement la haine ou l'envie
Voudraient, s'attachant à sa vie,
Arrêter son puissant essor.
Vent, tempête, foudre qui gronde,
Non, rien ne pourrait, dans le monde,
Briser, plier ses ailes d'or.

Dans les airs, ainsi qu'un génie,
Il plane couronné de feux.
Sa voix se mêle à l'harmonie
Des globes errant dans les cieux.
Dans leur route il suit les planètes ;
Il évoque au loin les comètes
Dont la chevelure détruit.
Point d'éclat que son œil n'efface.
Il contemple Dieu face à face,
Dieu dont le soleil est la nuit.

C'est lui qui, du Maître suprême
Ecoutant la voix dans le ciel,
Jette la honte et l'anathème
A la face du criminel.
Ses accents, redits dans l'espace,
Comme une tempête qui passe,
Frappent l'oreille des humains.
Ils pâlissent, leur pied chancelle ;
Ils couvrent leur front infidèle
De la poussière des chemins.

Ainsi que le chant du prophète,
Son chant prédit aux nations
Des larmes ou des cris de fête,
Une ombre épaisse ou des rayons.
Quand sa bouche parle, la foule,
Semblable à l'océan qui roule,
Elevant une grande voix,
S'agite, murmure, menace,
Et, sur leur front que l'effroi glace,
Brise la couronne des rois.

A lui le pouvoir sur la terre !
A sa voix l'immense cité
Est ou peuplée ou solitaire,
Il donne l'immortalité.
A lui la parole brûlante ;
A lui la trompette éclatante
De l'ange qu'on verra venir.
A lui la palme de victoire ;
A lui la harpe, à lui la gloire,
Et le présent et l'avenir.

1842.

LA GROTTE D'AJACCIO.

Pêcheur, mets à la mer ; que dans la voile blanche
    Le vent vienne frémir.
Le flot qui vient et fuit, que ta barque se penche
    Pour le laisser courir.

Qu'il est beau le soleil lorsqu'au soir il décline
Et plonge dans les flots ses rayons expirants !
    Qu'il est beau quand, sur la colline,
    Il épanche ses feux mourants !

Ainsi que le vieillard qui descend vers la tombe,
Il jette à ses amis un long regard d'adieux.
Et, calme, il semble dire : aujourd'hui je succombe ;
Mais je vous reverrai demain du haut des cieux.

Nous voguons, nous voguons et dans la voile blanche
    La brise vient frémir.
Le flot murmure ; il fuit la barque qui se penche
    Pour le laisser courir.

J'aime à sentir mes mains de l'écume inondées.
Regardez, regardez ces vagues sur la mer !
Elles courent au loin, folles, dévergondées,
    Comme un troupeau dans le désert.

Tantôt calme, tantôt furieuse, écumante,
O mer ! espoir, effroi du pilote incertain,
Tu combles sa fortune ou trompes son attente
   Selon ta volonté d'airain.

Le temps use les monts sous son pied redoutable ;
Une ville, un empire, oui, tout est passager.
Comme l'éternité, dans ta force immuable,
   Mer, le temps ne peut te changer.

Nous voguons, nous voguons et, dans la voile blanche,
   La brise vient frémir.
Le flot murmure ; il fuit la barque qui se penche
   Pour le laisser courir.

   Nous glissons le long du rivage.
Ici de verts coteaux, des cactiers, des gazons ;
Plus loin des rocs aigus, noirs des coups de l'orage,
Comme un rempart d'acier protègent les vallons.

Des maisons aux murs blancs se regardent dans l'onde,
Ainsi que des beautés sur le bord des ruisseaux.
Il semble à l'œil surpris qu'en bas un autre monde
   Habite sous les eaux.

Qu'est-ce là, sur le bord ? Des rochers en ruine,
Comme un donjon croulant que la main du temps mine,
Sous le lierre en festons penchent leur front trop vieux.
A leurs pieds, tapissés d'une épaisse verdure,
D'un sombre souterrain s'ouvre l'entrée obscure.
   L'attrayant tableau pour les yeux !

Mais quels grands souvenirs, en foule, à la mémoire
A l'aspect de ces lieux, viennent se retracer !
Quel mélange confus d'infortune et de gloire !
Quel sillage que rien ne saurait effacer !
Oui, c'est là que jadis, faible et chétif encore,
Un enfant est venu plus d'une fois rêver.
C'est de là qu'il voyait poindre et rougir l'aurore
Et le jour éclatant à son tour arriver.
Indifférent sans doute aux choses de son âge,
Sans laisser sa pensée errer à l'abandon,
Il semblait de son pas mesurer le rivage,
Et déjà son regard embrassait l'horizon.
Mais plus tard, nautonier qui brave la tempête,
On le vit s'élancer sur un autre océan,
Et, bientôt couronné, très haut levant la tête,
Aux peuples commander aussi bien qu'à l'autan.
Vingt ans il tint la terre à ses pieds asservie ;
Puis, renversé, captif, trahi par son génie,
Il alla sur un roc finir son agonie,
Du faite des grandeurs tombé comme un titan.

Trop souvent la fortune abat ce qu'elle élève.
On monte pour tomber comme un flot sur la grève.

Aujourd'hui, l'œil en pleurs, attirés en ce lieu,
Des français, du martyr conservant la mémoire,
Viennent graver leur nom au berceau de sa gloire
Comme des pélerins au tombeau de leur Dieu.

1841.

PRIÈRE.

Bien souvent, dans le jour, m'inclinant sur la pierre,
J'élève ma pensée aux régions du ciel,
Et mon âme inquiète exhale une prière
Qui monte pure ainsi que l'encens de l'autel.

Oh ! vous n'ignorez pas, mon Dieu, vous que j'implore,
Ce que de vos bontés je demande à genoux ;
Vous savez ce qu'il faut, puis ce qu'il faut encore
Et pour elle et pour moi qui n'espérons qu'en vous.

Ce ne sont pas les biens que, dans sa soif avide,
Cherche l'ambitieux rampant dans les palais ;
Ce n'est pas le pouvoir qui jette au cœur du vide,
Ni l'éclat des grandeurs, ni le bruit des valets.

Ce n'est pas la fortune aux ailes caressantes,
Ni les rubis, ni l'or dont plus d'un front reluit ;
Ce ne sont pas des champs, des forêts verdoyantes,
        Ni des cités pleines de bruit.

4

Eh ! que nous font à nous tous ces faux biens du monde !
Les grandeurs, le pouvoir donnent-ils le bonheur ?
      Jamais où la tempête gronde
On n'a vu l'Océan sourire au voyageur.

Ce qu'il nous faut, mon Dieu, c'est la santé si chère,
C'est ta main chaque jour pour diriger nos pas ;
C'est un ombrage frais au vallon solitaire
      Où l'oiseau chante en ses ébats ;

C'est une source pure où nos cœurs puissent boire
Et l'amour et la paix comme des flots bénis ;
C'est, avec le bonheur, un doux rayon de gloire
      Pour couronner nos fronts unis.

1842.

A UN AMI.

Tandis que, bien heureux au sein de la vallée
Où chante, loin du bruit, l'alouette envolée,
Tu rentres tes moissons que protège le ciel,
Moi, je sème aux cités les germes de la gloire,
Et, trop souvent, je n'ai, quand je demande à boire,
Que le calice amer qui déborde de fiel.

Là, pour toi, chaque jour un doux soleil se lève ;
Là, ton oreille entend gazouiller sur la grève
Le ruisseau qu'un caillou détourne dans tes champs ;
Là, pour toi, les oiseaux s'ébattent sous l'ombrage,
La brise du matin, qui court dans le feuillage,
T'apporte, en se jouant, des parfums et des chants.

Ici, mon horizon est couvert de nuages ;
Ici, moi, je n'entends que le bruit des orages
Dont la voix, au lointain, semble crier : Malheur !
Au lieu de chants d'oiseaux, la calomnie impure,
Ici, jette sur moi des paroles d'injure :
Son souffle est le parfum qui, seul, emplit mon cœur.

Là, pour toi, mille fleurs que fait naître l'aurore,
Au bord de ton chemin semblent grandir, éclore

Et faire étinceler l'azur, la pourpre et l'or ;
Là, dans tes verts enclos, la vigilante abeille,
Allant de lis en lis, bourdonne à ton oreille
Et compose pour toi le suc de son trésor.

Ici, quand un rayon sur mon sentier se pose
Et m'apporte parfois une fragile rose,
L'autan souffle : aussitôt tout s'éteint à mes yeux ;
Ici, telle qu'une hydre attachée à ma vie,
Sans cesse autour de moi rampe la noire envie
Distillant le venin de ses dards furieux.

Là, le ciel, en ton âme épanchant sa lumière,
Accorde d'humbles dons à ton humble prière :
Il écarte de toi les besoins et les maux ;
Là, sur ton front heureux la nuit, pleine d'étoiles,
Abaisse, en souriant, les ombres de ses voiles
Où ton regard va lire : Obscurité, repos.

Sur ma tête qui penche et regarde la terre,
Ici, je sens peser la main de la misère :
Le ciel à mes travaux ne sourit pas toujours ;
Ici, moi, quand la nuit revient avec ses ombres,
Mes yeux voient s'agiter comme des spectres sombres
Qui passent me criant : Ténèbres sur tes jours !

Ami, de ton côté la paix et l'abondance ;
Du mien, les noirs soucis, le chagrin, la souffrance.
Tu goûtes le présent ; moi, j'attends l'avenir.
J'aurais pu, comme toi, sous le toit de mon père,
Savourer un bonheur tranquille, solitaire ;
Comme Homère souffrit j'ai préféré souffrir.

1841.

SOIRÉE D'HIVER.

Enfant, jette un rameau dans l'âtre qui pétille.
Penche-toi vers l'aïeul ; parlez-vous tour à tour.
Il est bon d'être assis au foyer de famille
Et d'oublier, le soir, les fatigues du jour.

L'AÏEUL.

Comme la nuit est sombre ! A travers le grand chêne
Qui couvre, vers le nord, notre chaume isolé
Ecoute l'ouragan qui souffle et se déchaîne ;
Comme il vient secouer notre toit ébranlé !
Tout sanglote ou mugit ; tout gémit ou murmure,
La forêt, le rocher, le ravin, le vallon.
Les grands sapins, tordus comme un brin de verdure,
Eclatent par moment, brisés par l'aquilon.
On croirait que la terre, en cette nuit terrible,
Élevant mille voix vers le ciel en courroux,
Implore le pardon de la main inflexible
     Qui la frappe à grands coups.

L'ENFANT.

Père, entends-tu siffler, sous la porte tremblante,
Le vent qui passe et fuit ainsi qu'un long serpent ?
Entends-tu s'agiter la vitre vacillante
Et quelquefois jeter comme des cris d'enfant ?
Entends-tu près d'ici se plaindre la colombe ?
Entends-tu les grands chiens aboyer dans la nuit ?
Leur voix, avec le vent, ou s'élève ou retombe
Et va rouler au loin perdue au sein du bruit.
Entends-tu se ployer, courbé par la tempête,
Le tilleul que ma mère avait planté pour moi ?
La neige, ce matin, de deuil couvrait sa tête.
Mourrait-il donc aussi, ma mère, comme toi ?

L'AÏEUL.

Ce fracas, qu'il pèse sur l'âme !
Que le cœur, ô mon fils ! se serre tristement !
On dirait que la vie, hélas ! à tout moment,
Va s'éteindre comme la flamme
D'une lampe exposée aux rafales du vent.

L'ENFANT.

Ce matin, quand la neige, échappée au nuage,
Dérobait, en tombant, les traces du chemin,
J'ai vu, dans la forêt, un vieillard rempli d'âge.
Un vêtement de glace, hélas ! couvrait son sein.
Enfant, me cria-t-il, pitié pour ma vieillesse !
Vois, le froid m'engourdit ; Oh ! vois, je vais mourir.
Un peu de feu, de pain calmerait ma détresse.
Protège-moi ; pour toi je prierai Dieu sans cesse ;
Ma main se lèvera toujours pour te bénir.

J'ai soutenu ses pas et là, pendant une heure,
Il est venu chercher un remède à ses maux.
Puis, voulant repartir : Mon fils, qu'en ta demeure
Ne descende jamais que bonheur et repos !

L'AÏEUL.

Bon vieillard, le Seigneur entendra ta prière.
L'enfant dont le cœur s'ouvre à la compassion
Verra son front briller d'un rayon de lumière
    Au sein de la grande Sion.

★
★ ★

Enfant, jette un rameau dans l'âtre qui pétille,
Penche-toi vers l'aïeul ; parlez-vous tour à tour.
Il est bon d'être assis au foyer de famille
Et d'oublier, le soir, les fatigues du jour.

L'AÏEUL.

Heureux celui qui peut, dans sa détresse amère,
S'appuyer sur le bras que lui présente un frère !
    Sa route est moins rude ici-bas.
    Si quelquefois son pied chancelle,
Une main le soutient, consolante et fidèle,
Et lui montre l'abîme entr'ouvert sous ses pas.

Mais, hélas ! maintenant, à travers le bois sombre,
Combien de malheureux, brisés par la douleur,
Qui marchent sans secours, criant, criant dans l'ombre
    Vers la main du Sauveur !

Transis, inanimés, dans leur funèbre route,
Peut-être quelques-uns voient-ils venir la mort,
Et, tournant leur regard vers la céleste voute,
Veulent-ils, mais en vain, implorer le Dieu fort.
Déjà leur cœur est froid et leur langue pénible
    Fait pour parler un vain effort.
Combien pour eux cette heure est cruelle et terrible !

L'ENFANT.

Peut-être quelques-uns, enfants faibles et doux
    Qui vont mendiant sur la terre,
    Errent-ils vêtus de misère,
Frappant à chaque porte, implorant à genoux
Le riche dont la voix repousse leur prière.
Leurs membres sont raidis, le froid ferme leur yeux,
Et demain le passant verra, dans la vallée,
Les mendiants encor lever leurs mains aux cieux
    Où leur âme s'est envolée.

L'AÏEUL.

Peut-être quelques-uns, égarés en chemin,
Entendant autour d'eux l'ouragan qui se rue,
Pensent-ils au foyer, où la main dans la main,
Ils jouissaient, heureux, d'une paix disparue.
Ils voient l'enfant, l'épouse, appelant leur retour,
Debout à chaque bruit qui frappe leur oreille.
Ils les voient priant Dieu pour eux dans cette veille ;
Ils entendent encor leurs paroles d'amour.
Oh ! que ces souvenirs d'indicible tendresse
Doivent les émouvoir et contrister leur cœur !
Cette nuit, quoique sombre et pleine de tristesse,
Que n'aurait-elle pu leur donner de bonheur !

Mais dans l'ouragan qui tournoie,
De rochers en rochers, ils roulent emportés,
Et, tombant au torrent dont la vague les broie,
Ils échoueront demain dans leurs champs attristés
    Où ne renaîtra plus la joie.

L'ENFANT.

Père, oh ! prions pour eux. Dans la clameur des bois
Dieu peut-être d'en haut distinguera nos voix.

★
★ ★

Enfant, jette un rameau dans l'âtre qui pétille.
Priez ! L'aïeul et toi, vous plaisez au Seigneur.
Paix à ceux qui, le soir, au foyer de famille,
Ont des pleurs pour celui que frappe le malheur.

1841.

STANCES.

Mon front brûle, mon cœur contre mon sein se brise,
Dans mes veines je sens couler comme du feu.
De l'air, de la fraîcheur, une haleine de brise !
Que je souffre, ô mon Dieu ! Pitié, pitié, mon Dieu !

Pourquoi contre ma tête amasser ta colère ?
Qu'ai-je dit ? qu'ai-je fait ? suis-je donc criminel ?
Pourquoi me déchirer sous tes pieds, contre terre ?
    Pourquoi me verser tout ce fiel ?

Oh ! détourne de moi le glaive de souffrance !
Vois, je suis tout meurtri. Guérirai-je jamais ? ·
    Rends-moi tout au moins l'espérance.
Soutiens-moi, soutiens-moi, mon Dieu, je tomberais.

1842.

PAQUES.

Avec ses chants de joie et ses pleurs et ses brises,
  Voilà donc Pâques de retour.
L'hosanna retentit aux voûtes des églises
  Le ciel semble sourire au jour.

Comme pour célébrer le Christ en cette fête,
  D'éclat le vallon s'est paré ;
Les grands bois de verdure ont couronné leur tête ;
  Le flot plus pur a murmuré.

Tout chante, tout sourit. Seul, moi seul, sur la terre
  Je suis triste et rempli d'ennuis.
Au sein du grand bonheur je pleure ma misère ;
  Mes jours sont froids comme mes nuits.

Que me font ces parfums, ces fleurs à peine écloses,
  Ces hymnes joyeux des forêts ?
Demain, comme mon cœur, parfums et chants et roses
  Tout sera flétri pour jamais.

J'avais dit au bonheur : sème de fleurs ma route !
    Seul, ainsi qu'un affreux démon,
Le malheur est venu me versant goutte à goutte,
    Au lieu de nectar, son poison.

Mon Dieu, j'ai trop goûté d'amertume et de lie.
    Pourquoi devais-je tant souffrir ?
Quand vous ressuscitez pour nous donner la vie,
    Voyez ; moi, je voudrais mourir.

1842.

LE MESCHACEBÉ.

Détachant parfois de la rive
Des lambeaux touffus et fleuris,
Du fleuve l'onde fugitive
Emporte, au courant, ces débris.

Quelques jours, comme une île errante,
Ils voguent au sein des déserts ;
Puis vient la vague mugissante :
Ils s'abîment au fond des mers.

Ainsi, trompant notre espérance,
Le temps emporte nos bonheurs,
Et brise, un soir, notre existence
Dans un océan de douleurs.

1842.

A MA MUSE.

Lorsque l'hiver revient souffler sur la campagne
    L'oiseau tait sa joyeuse voix,
Et, de l'aile couvrant sa tremblante compagne,
Pour des climats plus doux abandonne nos bois.

O Muse ! maintenant qu'une tempête humaine
    Eclate sur mon front meurtri,
Tends ton aile d'azur au-dessus de la plaine
Et, semblable à l'oiseau, quitte mon ciel flétri.

Pourquoi resterais-tu ? Je n'ai plus de délire,
    Plus de feu, de transports au cœur.
A d'autres plus heureux, Muse, porte la lyre ;
Elle ne doit chanter que des chants de bonheur.

Moi, rempli d'amertume, au milieu de la foule,
    Je dois pleurer mes tristes jours,
Et, perdu dans le flot de cette mer qui roule,
Sans gloire disparaître et mourir pour toujours.

1842.

LA MORT.

Alors que je souffrais sur ma couche brûlante,
En proie aux noirs accès de la fièvre cuisante,
Las d'espérer en vain un meilleur avenir,
Je criai : viens, ô mort ! et je voulus mourir.
Comme un ange de paix se voilant de son aile,
Debout à mon chevet, elle me parut belle.
O mort ! lui dis-je, donne à mon âme l'essor.
Je suis las : verse-moi ton doux sommeil, ô mort !

Vois comme la douleur a pâli mon visage,
Comme mon front se ride, hélas ! bien avant l'âge !
A vingt ans je suis vieux. Mon pas, tardif et lent,
Tremble comme le pas d'un vieillard chancelant.
Ah ! c'est que, dans le peu de ma dure existence,
J'ai goûté plus de fiel, senti plus de souffrance
Que l'homme qui, le soir, se couche plein de jours.
C'est que le mal sur moi frappe, frappe toujours,
Sans relâche, à grands coups, avec des cris de joie,
Comme un tigre affamé qui dévore sa proie.

Dans le monde, où chacun m'a retiré sa main,
J'ai souvent déchiré mes pieds nus au chemin,
Souvent, ainsi qu'un chant passant dans ma tempête,
Il m'est venu, de loin, de joyeux bruits de fête.

Je m'écriais : Combien ils sont heureux là-bas !
Et vers eux j'essayais de diriger mes pas.
Mais au lieu de m'aider, comme on le fait au crime,
Des passants sans pitié me poussaient vers l'abîme !

Une fois cependant, quand s'éteignait le jour,
J'entendis me parler comme une voix d'amour,
Et, tremblant, je sentis une main douce et blanche
Caresser mon front lourd que la tourmente penche.
Mais bientôt s'éteignit le rêve, et dans mon cœur,
Encor plus torturé, reparut le malheur.
Ainsi, dans son cachot, l'homme que la soif ronge,
Croyant savourer l'eau, boit le fiel de l'éponge.

Tout pour moi fut tourment. Le ciel riant et pur
N'a jamais à mes yeux montré son calme azur.
Aucun parfum de rose, aucune brise douce
N'est venue, au vallon, me bercer sur la mousse.
Je n'ai pu reposer, quand durait la chaleur,
Mes membres nulle part sous un dais de fraîcheur.
Je marchais, je marchais en demandant à boire
Une goutte au calice où Dieu verse la gloire.
Hélas ! ce fut en vain ; du fiel, toujours du fiel.
Je n'avais que l'enfer quand j'attendais le ciel . . . .

Tu comprends maintenant pourquoi ma voix t'appelle,
O mort ! Laisse mon âme enfin tendre son aile.

Et la mort était là comme une mère en pleurs
Au chevet de l'enfant qu'affaissent les douleurs ;

Et je sentais parfois comme une larme amère
Sur ma main qui pendait tomber de sa paupière ;
Et j'écoutais, croyant que sa bouche bientôt
Allait dire à mon âme : Ame, enfin, vole en haut.

Déployant sur mon front son aile qui me touche,
De calme et de repos elle couvrit ma couche.
Je ne sais si mes sens étaient en vie ou morts,
Mais inertes étaient les membres de mon corps.
J'étais aveugle et sourd comme un amas de fange.
Puis je vis par degrés avec la mort un ange
Monter, monter bien haut dans un rayon de feu ;
Et mon cœur tressaillit comme touché par Dieu.

Et je compris le sens que voilait le mystère :
Souffrir, mais espérer ; le ciel après la terre.

1842.

DEUXIÈME PARTIE

———

LES CHANTS DE LA TERRE

———

1842-1844

A MA PETITE SŒUR.

Sais-tu bien où je suis, petite
Aux yeux bleus, au cœur plein d'amour,
Toi qui pleures quand je te quitte,
Qui ris quand je suis de retour ?

Je suis bien loin, bien loin, en Flandre,
Pays aux vides horizons,
Où l'on ne voit nul rocher pendre
Sur les ravins, au flanc des monts.

La plaine ici, toujours la plaine ;
Des ruisseaux qui n'ont point de voix ;
Ni prés verts, ni claire fontaine ;
De grands champs, mais point de grands bois.

En vain, cherchant quelque colline,
On voudrait, souvenir touchant,
D'en haut, quand le soleil décline,
Regarder au loin le couchant,

Et, rêvant aux mots qu'on échange,
Se rappeler tous les beaux jours
Où, près d'une sœur, petit ange,
On se trouvait si bien toujours

C'est triste, va, bien triste même,
Plus triste qu'une sombre nuit,
D'être ainsi loin de ceux qu'on aime,
Seul avec son cœur et l'ennui.

Mais toi, petite sœur, la joie
Brille-t-elle sur ton front pur
Où tes cheveux, boucles de soie,
Roulent sous un ruban d'azur?

Es-tu toujours aussi gentille
Que dans le temps où j'étais là?
Elle semble une grande fille;
Tout le monde disait cela.

Dis; es-tu toujours aussi belle?
Bien souvent, le soir, dans nos jeux,
Une rayonnante étincelle
Luisait au fond de tes yeux bleus.

Oh! je voudrais te voir encore,
Telle qu'un léger papillon,
Courir, au réveil de l'aurore,
Par les gais sentiers du vallon.

Voir encor sur tes lèvres roses
Briller ton sourire joyeux,
Ainsi que sur des fleurs écloses
Un rayon descendu des cieux.

Je voudrais encore t'entendre,
Assis sous l'arbre du jardin,
Jaser de ta voix pure et tendre
Comme la fauvette au matin.

Mais je suis loin de nos Ardennes,
Bien loin de toi, petite sœur,
Loin des hêtres et des grands chênes
Dont l'ombre abritait mon bonheur.

Et je ne sais pas quand ma bouche,
Avec une bien douce voix,
Ira t'éveiller dans ta couche,
Dès le matin, comme autrefois.

Peut-être alors, laissant guirlande
Et poupée aux bracelets d'or,
Seras-tu grande, hélas ! bien grande,
Toi qu'on voit si petite encor.

Sois toujours douce, bonne, sage
Afin qu'à l'heure du retour,
Doublement heureux au village,
J'en bénisse deux fois le jour.

1842.

LE SIÈGE DE LILLE EN 1792.

Jetez des fleurs, enfants, vous dont les mains sont pures.
Qu'il est beau le soleil qui se lève sur vous !
Plus de servage enfin, plus de joug, plus d'injures :
L'Egalité descend habiter parmi nous.

Chantons par la cité des hymnes d'allégresse.
D'amertume longtemps nous fûmes abreuvés.
Nous avons trop souffert dans nos nuits de détresse :
Mais le jour est venu : nous nous sommes levés.

Regardez les oiseaux tendre leur aile blanche.
Au gré de leurs désirs ils volent sous les cieux.
Ils ont l'air et les champs et des nids dans la branche.
Enfants, vous êtes tous libres, libres comme eux.

Liberté, Liberté, vierge que l'on adore,
Toi que salue ici de chants retentissants
Tout un peuple assemblé que ton amour dévore,
Liberté sainte, à toi nos vœux et notre encens.

★
★ ★

Silence ! Une clameur lointaine
Semble, s'élevant des vallons,
Sur la cité d'ivresse pleine
Passer comme les aquilons.
A l'horizon monte un nuage.
Est-ce au ciel quelque noir orage
Qui gronde en des champs dévastés ?
Est-ce la mer, que rien n'arrête,
Qui, loin du bord, sous la tempête,
Nous jette ses flots irrités ?

Le tumulte grandit et roule ;
Le soleil semble se voiler ;
Comme sous les pas d'une foule
La terre au loin paraît trembler.
Ce n'est ni la mer ni la foudre
Au sein du nuage de poudre
Voyez flotter des étendards.
Menaçante et mêche allumée,
Lillois, oui c'est toute une armée
Qui s'avance vers vos remparts.

Debout tous ! aux armes ! aux armes !
Aux arsenaux ! aux arsenaux !
Loin de vous les vaines alarmes !
Haut les cœurs comme les drapeaux !
Sur les murs, à la citadelle,
Courez, braves au cœur fidèle,
Braquez le bronze redouté ;
Femmes, préparez des cartouches :
Enfants, que vos petites bouches
Chantent plus haut la liberté.

Qu'elles sont belles vos phalanges,
Qu'ils sont nombreux vos bataillons,
Etrangers qui brûlez les granges
Pleines du fruit de nos sillons,
Comme votre marche est altière !
Mais abattus, dans la poussière,
Bientôt vous courberez le front ;
Bientôt ces fiers canons qu'on charge,
Brisés ou reprenant le large,
Devant les nôtres se tairont.

Eh ! quoi, quand le peuple s'éveille
Au matin de son plus beau jour,
Lorsque, vierge pure et vermeille,
La Liberté lui crie : amour !
Lorsque sa main brise ses chaînes,
Lorsqu'il sent bouillir dans ses veines
Un sang qu'échauffe vos forfaits,
Vous voudriez, parlant en maîtres,
Que nous fussions lâches et traîtres ;
Insensés, nous sommes français.

*
* *

L'attaque s'engage :
Mais des deux côtés
Même est le tapage
Des canons pointés.
Sombres et farouches,
Ensemble vingt bouches
Vomissent le fer.
D'épaisses fumées
Roulent enflammées,
Vapeurs d'un enfer.

Le lourd boulet troue
Et, rebondissant,
Aux murs qu'il secoue
Va jeter du sang.
La bombe se rue
Et semble à la nue
Où monte son vol,
Sifflant sa colère,
Prendre son tonnerre,
La terreur du sol.

— Au réduit, enfant, qui t'appelle ?
Que veux-tu ? — Du fer et du plomb.
— Où vas-tu, vieillard qui chancelle ?
— Mourir où tous les vaillants vont.
— Citoyen, sous ton toit qui fume
L'incendie attisé s'allume,
Rougissant en haut le ciel bleu.
— Que d'autres déjà sont en cendre !
C'est le rempart qu'il faut défendre :
Aux pièces, frère, et feu pour feu.

Le fracas augmente.
Des pleurs et des cris.
Le cœur se lamente
A voir les débris.
Des tours embrasées,
Bientôt écrasées,
Mais encor debout,
Criant anathème,
Montrent au ciel même
Des flammes partout.

Mais qu'est-ce ? Une file
S'éloigne sans bruit ;
Elle se profile,
Sombre dans la nuit.
Sortie et surprise !
La noble entreprise,
Les cœurs dévoués !
Un choc ; on s'enlace....
Ces canons en place,
Ils sont encloués.

Vaincre ou mourir ! beau cri de guerre
Que vous répétez, ô Lillois !
En vous, source que rien n'altère,
Coule à flots le vieux sang gaulois.
Opprobre à qui voudrait se rendre !
Même sous vos foyers en cendre,
Héros, résistez aux tyrans ;
Combattez, combattez encore :
A la nuit succède l'aurore ;
Plus d'efforts vous feront plus grands.

Ni répit, ni trève ;
Le deuil en tout lieu.
L'incendie achève
Son œuvre de feu.
Tout rugit, tout tonne ;
Rien qui ne résonne,
Formidables voix.
Comme une hécatombe,
Sur la ville il tombe
Cent morts à la fois.

L'horrible tourmente !
On dirait, au camp,
La lave écumante
De quelque volcan.
Mais, par intervalle,
La meute infernale
Semble s'essouffler.
L'ardeur se tempère
Et dans le repère
On paraît trembler.

Toujours, frappe toujours ; Courage,
Cité riche en nobles enfants.
Ta main a muselé leur rage ;
A toi les hymnes triomphants.
Courage ! Oui, le Germain se trouble
Sous ton feu puissant qui redouble
Ont pâli ces fougueux guerriers.
Frappe, frappe, ô vaillante garde !
Frappe ; la France te regarde :
Pour ta tête que de lauriers !

*   *
  *

Où sont les bataillons à la démarche altière ?
Où sont les fiers canons, les flottants étendards ?
Regardez s'éloigner comme un flot de poussière :
Ils sont là, hormis ceux couchés sous les remparts.

Ainsi, moins de huit jours, pour briser leur audace,
Ont suffi, grande ville, à tes mâles efforts.
Leur armée a passé comme un ouragan passe,
Terrible, et cependant faible contre les forts.

Ils s'étaient dit : allons ; la chute sera prompte.
Ce que l'on est ici ne le savaient-ils pas ?
Pour tout triomphe, ils ont la fuite avec la honte,
La honte au front courbé qui précède leurs pas.

Mais **toi**, sur les débris épars dans tes murailles,
Vois se dresser deux sœurs égales en beauté.
Elles te souriaient dans l'éclair des mitrailles.
Chers entre tous, leurs noms sont Gloire et Liberté !

Septembre 1842.

PENSÉES D'OCTOBRE.

Encore une saison qui passe pour toujours.
Comme l'été rapide ont passé mes beaux jours.
Voici venir Novembre et ses vents et sa brume.
Plus de ciel azuré, plus d'horizon qui fume
Et semble, le matin, blancheur sur le fond bleu,
Exhaler son encens jusqu'au trône de Dieu ;
Plus de rayons dorés épars sous les ramures ;
Plus d'abris ombragés, plus de légers murmures
Courant, soupirs joyeux, tout le long des ruisseaux ;
Plus de souffle embaumé ; plus de doux chants d'oiseaux.
La tristesse partout, le deuil et le ravage.
Comme ils sont loin déjà les jours de mon jeune âge,
Et qu'auprès de mes sœurs, fronts naïfs, teint rosé,
Au logis paternel, heureux j'ai reposé !

Mon père ! simple et bon, bien souvent quand la neige
S'amassait, en tombant, sur le toit qu'elle assiège ;
Quand le vent, qui venait à travers le vallon,
Faisait tinter la vitre et trembler la maison,
Assis près du foyer dont la flamme scintille,
Nous l'avons écouté, réunis en famille !
Les soirs bénis ! Sa voix, sévère doucement,
Nous parlait du pays, de Dieu, du firmament

Des villes et de l'air que toute âme y respire,
De la répulsion que le mensonge inspire,
Du devoir imposé, des crimes des méchants,
De cette douce paix qu'on ne goûte qu'aux champs,
Des malheureux surtout que Dieu veut qu'on soulage ;
Et mère et sœurs et fils, groupés autour du sage,
Des baisers sur la lèvre et des larmes aux yeux,
Recueillaient sa parole ainsi qu'un chant pieux.

— Des pauvres, disait-il, apaisons la misère.
Si le Seigneur voulait qu'un jour, réduits à rien,
Vous fussiez, vous aussi, malheureux sur la terre,
Ne béniriez-vous pas qui vous ferait du bien ?
L'homme est comme un esquif abandonné sur l'onde :
Un jour, il vogue en paix sur l'abîme des eaux,
Puis, battu par les vents, par la foudre qui gronde,
Il se brise en éclats au vaste sein des flots.
Le vrai bonheur, enfants, est dans la bienfaisance,
Et si malgré son or, le riche en son palais,
Est si souvent en proie aux remords, aux regrets,
C'est qu'il n'allège par les maux de l'indigence :
Au bienfaiteur toujours Dieu rend tous ses bienfaits. —

Et puis c'était ma mère, avec sa douce voix,
Nous contant à son tour la légende des bois,
Nous lisant quelque livre où brille le génie,
Ou l'Imitation ou Paul et Virginie.
Mon Dieu, que nous pleurions lorsque, dans la forêt,
La vieille esclave, hélas ! gémissait sous le fouet ;
Quand le sombre vaisseau, que la vague soulève,
Prêt à surgir au port, se brisait sur la grève !
La vague, à chaque coup, bondissant sous l'effort,
Semblait jusqu'en nos cœurs, rouler un cri de mort.

Pauvre Paul, toi, ta sœur devait t'être ravie :
Elle a mis sa pudeur au-dessus de sa vie.

Oui, ces longs soirs d'hiver pour nous étaient bien courts,
Et de pareils moments devraient durer toujours.
Ici, seul maintenant, je m'attriste et m'ennuie.
J'écoute vaguement tomber la forte pluie
Ou pleurer au dehors, ainsi qu'un jeune enfant,
Au milieu de la nuit, la rafale du vent,
Content lorsque la pluie ou le vent solitaire
Semblent le faire ainsi qu'autrefois chez mon père.

1842.

AUX PETITS.

Et j'entrai dans le monde avec un gai sourire,
Car je croyais n'y voir régner que la vertu.
Et je fus bien trompé, mon Dieu, je dois le dire.
Or, frères, écoutez ; voici ce que j'ai vu :

J'ai vu de tous côtés, comme une mer qui roule,
Le méchant, plein d'orgueil, se montrer impuni.
Ici, j'ai vu le traître honoré dans la foule ;
Là, comme un vice à fuir, le mérite banni.

J'ai vu l'avare impur, sans craindre le tonnerre,
S'engraisser chaque jour des biens de l'orphelin ;
J'ai vu le mendiant, dans sa longue misère,
Grelotter, en hiver, sans asile et sans pain.

J'ai vu la jeune fille, en sa pauvre demeure,
Par le riche éhonté séduite sans retour,
Et, bientôt délaissée et flétrie, à toute heure,
Pour vivre vendre, hélas ! son cœur et son amour.

J'ai vu, comme paré d'une brillante écorce,
L'hypocrite monter, puis s'élever encor ;
Pour punir l'opulent j'ai vu les lois sans force,
Les glaives s'émousser contre des monceaux d'or.

J'ai vu l'ambitieux, cœur vide, tête altière,
Pour atteindre aux honneurs qui ne lui sont pas dus.
Vouant au gouffre impur son âme tout entière,
Se faire un marchepied de toutes les vertus.

J'ai vu, pour obéir, le juge, votre maître,
Condamner parmi vous l'innocent attéré ;
J'ai vu du cœur de tous la bonté disparaître ;
J'ai détourné les yeux alors et j'ai pleuré.

J'ai pleuré, car toujours aux malheurs de mes frères,
Mon cœur compatissant se brise dans mon sein.
Poète, j'ai passé par toutes vos misères ;
J'ai souffert de vos maux ; j'eus faim de votre faim.

J'ai pleuré ; puis j'ai dit : Priez ; le temps arrive.
Esclaves des mauvais, vos tourments vont finir.
Voyez le flot immense ; il s'avance à la rive :
Bien plus fort que le flot, un Dieu vient pour punir.

1844.

ESPÉRANCE.

Ainsi les oiseaux de l'aurore
Au fond des bois semblent gémir.
Oh ! bercez-la, bercez encore
Ma tristesse pour l'endormir.

Laissez tomber votre parole
Comme un soupir dans mon malheur ;
Votre parole qui console
Est si douce à mon pauvre cœur.

J'ai longtemps pleuré sur la terre,
Attendant en vain un secours ;
Ma coupe, hélas ! fut trop amère ;
Trop d'ombres couvrirent mes jours.

Aujourd'hui je me sens renaître
Sous les rayons de vos yeux bleus.
Et tout mon bonheur est peut-être
Dans votre cœur où vont mes vœux.

Laissez-moi, comme dans un rêve,
Contempler vos divins attraits,
Doux ange dont l'aile se lève
Sur moi pour me couvrir de paix.

Oh ! que vous êtes blanche et belle !
Que votre front est calme et pur !
Votre âme en vos yeux étincelle
Comme une étoile aux lacs d'azur.

Je sens s'éteindre ma souffrance
Quand je me vois là près de vous.
Le sourire de l'espérance,
C'est votre sourire si doux.

Souriez-moi comme l'aurore
Au lis que la nuit vint ternir.
Oh ! bercez-la, bercez encore
Ma tristesse pour l'endormir.

1843.

L'AURORE.

Sur la colline, enfin, par la nuit arrosée,
L'aurore reparaît humide de rosée.
Son souffle qui renaît, répandu sous les cieux,
Est comme un doux parfum, un miel délicieux.
Chaque rameau frôlé chante comme une lyre.
A l'orient d'azur, son gracieux sourire,
Tel qu'un sourire d'ange ou de jeune beauté,
S'épanouit, au lac doucement reflété.
Les roses de sa main, que caresse la brise,
Parsemant l'horizon, dissipent la nuit grise,
Et semblent, dans les cœurs contents de les revoir,
Jeter avec le jour mille rayons d'espoir.

L'aurore ! hélas ! hélas ! sur la terre ravie,
Partout elle répand la lumière et la vie,
Comme si cette terre, où nous serons demain,
Ne renfermait encor nul tombeau dans son sein.

1844.

A UN ENFANT.

D'où viens-tu, doux enfant, bel ange
Aux cheveux blonds, longs et soyeux,
Qui tombent ainsi qu'une frange
Autour de ton cou gracieux.

Toi que partout chacun admire,
Toi dont la parole est de miel,
Toi dont le séraphique sourire
Brille comme un rayon du ciel.

Viens-tu de cet azur sans voile
Où les mondes roulent sans bruit?
Pour nous as-tu quitté l'étoile
Que ta main guidait dans la nuit?

N'étais-tu pas de ces Génies,
Aux pieds de Dieu radieux chœur,
Dont la voix pleine d'harmonies
Chante la gloire du Seigneur?

Oh ! que les accords de ta harpe
Devaient être mélodieux
Quand, laissant flotter ton écharpe,
Ton chant s'élevait dans les cieux !

Où laissas-tu tes blanches ailes,
Ces ailes pleines de rayons
Qu'en songe parfois nous voyons
Briller aux voûtes éternelles ?

Dis ! Pourquoi quitter l'encensoir
Fumant devant le divin trône,
Pourquoi déposer la couronne
Des esprits qui n'ont pas de soir ?

Pourquoi descendre dans ce monde,
De tes frères fuir le bonheur ?
Ici souvent la foudre gronde
Et le vent brise toute fleur.

Sans doute, Dieu qui te fit naître,
En t'offrant à nos yeux ravis,
A voulu nous faire connaître
Un hôte de son paradis.

1843

A MON AMI AUG. L.

Que n'es-tu près de moi, debout sur le rivage.
J'aime le bruit des flots bondissant sur la plage,
Pendant les sombres nuits, les cieux étant couverts,
Où le tonnerre gronde, où les rouges éclairs
Sillonnent l'horizon ; car alors, dans ma tête,
S'élève aussi parfois, sous l'humaine tempête,
Quelque forte pensée, immuable clameur,
Qui rugit comme un flot de la mer en fureur,
Et qui, lancée aux vents et vibrante, menace
Le vaisseau d'Albion qui nous insulte et passe.

1842.

HONTE.

L'homme impur va disant: « Le vin chasse toute ombre ;
On brave le malheur une coupe à la main ;
Que le ciel sur vos fronts soit souriant ou sombre,
   Amis, buvez jusqu'à demain.

Couronnez-vous do pampre et de roses nouvelles ;
Célébrez à la fois l'amour et le nectar ;
Chantez ! buvez ! la vie ici-bas a des ailes.
   Qui sait ce qu'on devient plus tard ? »

Oh ! ne le croyez pas, vous à qui Dieu prépare
Le calice où l'on a le bonheur des beaux jours.
Fuyez le noir sentier où son pied qui s'égare
   Marche dans la fange toujours.

Si vos regards pouvaient lire au fond de son âme,
Vous verriez quel abîme il s'est ouvert, hélas !
Lui dont le cœur flétri n'a nulle sainte flamme,
   Lui qui foula tout sous ses pas.

Ne possédez-vous pas tout ce qu'il faut sur terre,
La paix, un ciel d'azur, du bonheur, de l'espoir ?
Voudriez-vous changer ces biens pour sa misère,
Vos calices du jour pour sa coupe du soir ?

Fuyez-le ; sur sa face est empreint l'anathème ;
Sous le doigt de Satan s'est sillonné son front.
Oh ! fuyez-le ; il renie et le ciel et Dieu même ;
   Son amitié, c'est un affront.

Qu'il soit honni de tous ! Pour lui boire c'est vivre.
Il trouve dans le vin amour, honneur, bonheur.
Honte ! car être heureux, selon lui, c'est être ivre ;
   C'est n'avoir ni raison, ni cœur.

         1842.

LE VER LUISANT.

— *PFEFFEL.* —

Un ver luisant dormait de lueur revêtu.
Sans bruit vint un crapaud ; sur lui son venin tombe
— Que t'avais-je donc fait ? dit le ver qui succombe.
    — Pourquoi rayonnais-tu ?

1844.

BONHEUR.

Doux comme le parfum de la rose embaumée,
Pur comme le rayon qui dore le matin,
Un sourire de toi, c'est, ô ma bien-aimée !
Tout le bonheur d'en haut versé sur mon chemin.

Suave éden caché le long de la colline,
Que la vallée est belle avec ses fleurs d'été !
Plus belle que ces fleurs dont la coupe s'incline,
Tu réjouis mon âme ivre de ta beauté.

Regarde le ciel bleu resplendir sur nos têtes ;
Dans cette mer d'azur pas un flot de vapeur.
De mes jours transformés ne faisant que des fêtes.
De même ton amour illumine mon cœur.

1843.

L'ORAGE.

La nuée a crevé la nuit, sur la montagne ;
L'ouragan a soufflé, le tonnerre a grondé,
Et les troupeaux, chassés au loin dans la campagne
Ont quitté le vallon par la trombe inondé.

Quels tumultes, quels bruits roulaient avec l'orage !
Les torrents mugissaient dans les gouffres béants ;
Les grands chênes tordus, dépouillés de feuillage,
Gémissaient, en tombant, ainsi que des géants.

Parfois on entendait comme des voix plaintives
S'élever puis mourir au milieu de la nuit.
Etait-ce le flot sombre expirant sur ses rives ?
Ou les pâtres tombés dans les ravins, la nuit ?

Un instant a suffi, voilà tout en ruines :
Plus de chants, plus d'oiseaux, plus d'ombre, plus de fleurs.
L'étang a disparu, comblé par la colline.
La fange est sur les prés, la mort est dans les cœurs.

Quand renaîtront ces lieux frappés par ta colère ?
Si tu le veux, Seigneur, demain tout sera beau ;
Demain tout chantera dans le bois séculaire....
Hors ceux qui sont couchés au fond de leur tombeau.

1843.

AMERTUME.

A AUG. L.

Ami, lorsque je vois aux cités, quand je passe,
En tout sens courir l'homme et le chien sur la place,
L'homme dont rien jamais n'émeut les yeux d'airain,
Qu'aucune affliction n'arrête en son chemin,
Le chien qui va, portant à tous une caresse,
Aux malheureux surtout prodiguer la tendresse,
Je m'attriste, et courbant péniblement le front,
Je pense alors à tout ce que les hommes font,
Aux misères du pauvre, à ses noires alarmes,
A ces mains qui pourraient essuyer tant de larmes,

Mais qui les font couler, et je dis : ô Seigneur !
A qui donc pour aimer as-tu donné le cœur ?
Pour qui donc as-tu fait la vertu sur la terre ?
A qui donc as-tu dit : homme, voilà ton frère ?
Pour qui l'astre du ciel et la fleur du gazon ?
Pour qui le seul instinct et pour qui la raison ?
Oh ! vois ; tout est changé dans les temps où nous sommes,
Les hommes sont les chiens et les chiens sont les hommes.

1843.

LE CHANT DU FIANCÉ.

— *CHATEAUBRIAND.* —

Je t'aime, ô Nélida ! car j'ai vu dans ton âme.
Ton cœur est aussi pur qu'un rayon de soleil.
Je t'aime, car j'ai vu ta belle ombre de femme.
    Passer, la nuit, dans mon sommeil.

Le Maître de la vie a formé ta stature.
Le papaya superbe est moins majestueux.
Ton visage est pareil à l'eau tranquille et pure
    Qui reflète l'azur des cieux.

Les accents de ta voix, d'où le bonheur découle,
Sont un baume onctueux répandu dans les cœurs,
Ta gorge où, comme à flots, ta chevelure roule,
    Est comme un vase orné de fleurs.

Semblable au tulipier, enfant de la colline,
Ta bouche a des parfums qui mettent en émoi ;
Tes beaux yeux ont l'éclat d'un beau jour qui décline ;
    Le lis se courbe devant toi.

Je t'aime, ô Nélida ! car j'ai vu dans ton âme.
Ton cœur est aussi pur qu'un rayon de soleil.
Je t'aime, car j'ai vu ta belle ombre de femme,
    Passer, la nuit, dans mon sommeil.

*
* *

Moi, je suis le guerrier à la hache infaillible.
J'aime la liberté ; je défends mon pays.
On a vu mainte fois, dans la mêlée horrible,
    Ma main frapper les ennemis.

Armé de la pagaie, au sein de la tempête,
Tranquille, en mon canot, j'affronte les périls.
Le bison devant moi semble incliner la tête :
    L'ours tombe sous mes traits subtils.

C'est moi qui suis le chef des guerriers du village.
Ils marchent au combat lorsque j'ai commandé.
Les vieillards réunis ont loué mon courage.
    Et les vierges m'ont regardé.

Puis leurs lèvres ont dit : — Sous le soleil qui brille,
Le magnolier fleurit pour embellir le jour.
Liée au beau guerrier, telle une jeune fille,
    Vivra sous un rayon d'amour.

*
* *

Sur le bord de la forêt sombre,
J'ai vu deux baumiers s'enlacer ;
Se jouant, heureux, en leur ombre,
La brise venait les bercer.
J'ai vu, sur la rive prochaine,
Deux oiseaux, les hôtes du chêne,
Boire le bonheur et la paix,
Et, déployant leurs ailes blanches,
Ensemble, de branches en branches,
S'envoler dans le bois épais.

Et j'ai préparé la cabane
Où s'abritera le bonheur ;
Et j'ai chanté dans la savane :
Deux cœurs ne feront qu'un seul cœur.

J'ai vu la couleuvre brillante
Se déroulant sous un ciel pur,
Au soleil, de sa peau changeante
Etaler l'argent et l'azur.
Comme une porte où fuit l'orage,
J'ai vu luire, sur le nuage,
L'arc aux éclatants rayons d'or ;
Et j'ai dit, dans ma joie extrême :
O ma sœur ! pour celle que j'aime
Tresse un ruban plus riche encor.

Et j'ai préparé la cabane
Où s'abritera le bonheur ;
Et j'ai chanté dans la savane :
Deux cœurs ne feront qu'un seul cœur.

J'ai vu la tempête effroyable,
Que souffle le mauvais Esprit,
Briser, à sa voix redoutable,
Le sassafra qu'elle flétrit.
J'ai vu le maukavis fidèle,
Atteint d'une flèche cruelle,
Que lançaient des chasseurs adroits,
Chercher l'abri de la montagne
Et, près de sa douce compagne,
Se consoler au fond des bois.

Et j'ai préparé la cabane
Où s'abritera le bonheur ;
Et j'ai chanté dans la savane :
Deux cœurs ne feront qu'un seul cœur.

*
* *

Je t'aime, ô Nélida ! car j'ai vu dans ton âme,
Car ton ombre a, la nuit, passé dans mon sommeil.
Je t'aime ! Désormais que tes regards de femme
        Viennent enchanter mon réveil.

Viens t'asseoir sur ma natte ; abandonne ta mère ;
Contre mon sein brûlant viens reposer ton sein.
Je te préserverai des malheurs de la terre ;
        Je te soutiendrai de ma main.

Viens ! l'arbre de la paix fleurira sur nos têtes,
Bercé, dans notre abri, par le vent du désert.
Notre ciel éclatant, pur de toutes tempêtes,
  Non, jamais ne sera couvert.

Viens ! Nos lèvres boiront à la coupe de vie
Et l'ivresse et l'amour répandus jusqu'au bord :
Viens ! Comme l'eau qui coule en paix dans la prairie,
  Nous passerons jusqu'à la mort.

         1842.

A L'OCÉAN

Comme te voilà fort, Océan que l'orage
Soulève et fait bondir sur le sombre rivage !
Le rocher, sous ton poids qui le frappe à grands coups,
Chancelle sur l'abîme où mugit ton courroux.
Le vaisseau démâté, comme un oiseau sans ailes,
Tourbillonne englouti par tes vagues cruelles.
Comme ils sont forts tes flots ! D'où viennent-ils, dis-moi,
Quand ils roulent ainsi bien plus puissant qu'un roi
Qui brise tout sous lui, que nul pouvoir n'arrête !
Que nous disent les mots que leur grande voix jette,
Lorsqu'au milieu des nuits, sous le feu des éclairs,
Ils grondent en passant, immenses, dans les airs ?
Aux peuples opprimés parlent-ils d'espérance ?
Montrent-ils aux tyrans, sur leurs fronts, la vengeance ?
Se font-ils les échos de chaque nation
Qui crie ici : bonheur ! là : malédiction !
S'il est vrai, flots puissants, oh ! portez pour offrande
La haine à l'Angleterre et l'amour à l'Irlande.

1843.

L'ANGE GARDIEN.

Il me disait pendant mon rêve,
Le regard abaissé sur moi :
— « Que ta tristesse enfin s'achève,
Souris, je suis auprès de toi.

Je t'ai laissé, seul sur la terre,
Un jour suivre un sombre chemin.
Hier, tu vivais de misère ;
Tu vivras de bonheur demain.

« Enfant courant par la campagne,
J'étais ta mère ; oh ! tu m'aimais.
Homme, je serai ta compagne.
Aime-moi ; je t'aime à jamais.

« Les parfums sont à la colline.
Au poète les chants si doux :
La paix est au soir qui décline :
Chante ! le bonheur est à nous ».

Combien mon âme était charmée !
Et quand j'ouvris mes yeux au jour,
Comme en mon rêve, ô chère aimée !
Ton regard me parlait d'amour.

1843.

VENISE.

A M. I. PEYRAN.

Les flots baignent toujours les pieds blancs de Venise ;
Au Rialto toujours, éclairant la nuit grise,
La lune vient bercer ses rayons chevelus ;
Toujours son ciel est pur et son vent qui parfume
Soulève à ses côtés sa ceinture d'écume,
  Et la reine des mers n'est plus.

Non, Venise n'est plus. C'est en vain qu'on lui donne
Encore maintenant ce nom qui la couronne :
La vie a tout quitté, son Lido, ses palais ;
Son étendard sacré traîne dans la poussière,
Et le Goth, sous son pied, couvre la toge altière
  De la fange de ses marais.

Non, Venise n'est plus. Chez elle tout s'efface,
Tout excepté la honte empreinte sur sa face
Plus rien au cœur éteint de ses vieux matelots.
Astre aux rayons perdus, Déesse qui succombe,
Elle penche sa tête aujourd'hui vers la tombe,
  Au chant attristé de ses flots.

*
* *

Pourtant, parmi ses sœurs, qu'elle était grande et belle !
La palme sur son front semblait être éternelle.
Que son sein réchauffait de guerriers généreux !
De quel éclat brillaient ses splendeurs disparues !
Comme l'or ruisselait à longs flots dans ses rues !
   Que ses enfants étaient heureux !

Alors c'était le temps de sa toute-puissance.
L'Asie aux cheveux noirs, avec munificence,
Lui versait, chaque jour, ses trésors et ses fleurs,
Et d'une main tremblante, en souriant, la Grèce
A sa lèvre élevait la coupe enchanteresse,
   Pleine de ses anciens bonheurs.

Oh ! qui n'aurait aimé la glorieuse idole,
Avec ses blancs atours, sa divine auréole,
Ses étincellements, ses chants harmonieux :
L'étranger, bien souvent, oubliant sa patrie,
Venait entre ses bras s'enivrer de la vie
   Comme d'un vin délicieux.

*
* *

Et maintenant où sont ses nautoniers sans nombre,
Ses vaisseaux bondissant sous la tempête sombre,
Ses doges orgueilleux, fiers époux de la mer ?
Où sont ses beaux canons regorgeant de mitraille ?
Quel est le cri puissant qu'au jour de la bataille
   Ses fils vainqueurs jetaient dans l'air ?

Où sont les souverains courbés devant sa foudre,
Les peuples asservis et le front dans la poudre,
S'inclinant sous ses lois comme sous des destins ?
Tout aurait-il sombré dans une nuit terrible ?
Malheur ! Une nuit seule et la reine invincible,
   Captive, aux fers livra ses mains.

N'avais-tu donc pas là de bras pour te défendre,
Venise ? Dandolo, renaissant de sa cendre,
Ne s'est donc pas levé, vaillant comme jadis ?
Pas un Morosini n'a donc brandi la lance ?
Non ; et les condamnés, dans leur puits de souffrance,
   Crièrent alors : mort aux Dix.

Ta puissance a passé comme cette fumée
Qui, pendant le combat, roule sur une armée
Et qui s'évanouit toujours trop tard, hélas !
Quand la poudre est usée et que l'airain de guerre
S'est tû, ne jetant plus, au bruit de son tonnerre,
   La mort qui fauche les soldats.

*
* *

Ah ! Venise, pourtant si, dans tes canaux sombres,
La vague, sous ta main, n'avait roulé tant d'ombres,
Peut-être qu'aujourd'hui nous te verrions encor,
Avec tes grands vaisseaux cinglant au loin sur l'onde,
Parcourir l'univers et secouer le monde
   Comme un manteau d'où tombe l'or.

Oui, mais tu l'as voulu, Venise, pauvre reine,
Et les flots ont un jour brisé leur Souveraine
Et jeté sa couronne à des bords ennemis ;
Et la main d'un héros qui vit dans nos mémoires
A sa gloire a voulu joindre toutes tes gloires
    Et la main de Dieu l'a permis.

Oui ; mais tu l'as voulu Venise, pauvre folle,
Et tes canaux déserts ne voient plus la gondole
Passer riche de soie et pleine de refrain ;
Et tes palais croulants emplissent tes lagunes ;
Et tu pleures, le soir, assise sur tes dunes,
    Ton front pâle dans tes deux mains.

Quand donc viendra pour toi le jour de délivrance ?
Quand rompras-tu le mors, instrument de souffrance,
Qu'à tes chevaux de bronze attachèrent les rois ?
Quand donc renaîtront-ils ces temps de ton aurore ?
Temps glorieux, les flots berçant le Bucentaure,
    Semblaient obéir à ta voix.

Ils renaîtront quand Tyr, la mère de Carthage,
Verra ses palais d'or renaître sur la plage
Où depuis deux mille ans ils gisent dispersés ;
Ils renaîtront quand Rome, au sein de ses ruines,
Reverra des Romains couvrir les sept collines,
    Grands ainsi qu'aux siècles passés.

          1843.

LE ROCHER.

Le rocher sourcilleux, debout au sein de l'onde,
Ainsi qu'un noir géant fend l'écume des eaux.
Il brave l'ouragan et la foudre qui gronde ;
Il résiste aux longs chocs et des vents et des flots.

Oh ! depuis bien des ans il lève ainsi la tête !
Cependant par degrés l'onde a rongé son flanc.
Encore quelques jours, encore une tempête
Et son front penchera sur l'abîme roulant.

Et son front penchera, puis dans la vase noire,
Il ira s'engloutir à la voix de l'autan ;
Et les vagues alors, fières de leur victoire,
Comme un peuple affranchi, fouleront le tyran.

1844.

LA CANADIENNE AU TOMBEAU DE SON ENFANT.

— CHATEAUBRIAND. —

J'entendis une voix gémir sous les platanes
A l'heure où le soleil s'éteint à l'horizon.
Or, voici ce qu'apprit à l'écho des savanes
La mère qui, le soir, pleurait sur le gazon :

> — Hier, dans la prairie immense
> J'errais heureuse loin du bruit ;
> Aujourd'hui, pleine de souffrance,
> Je suis triste comme la nuit.

> Semblable à l'arbre solitaire
> Au mélancolique rameau,
> J'incline mon front vers la terre
> Et je pleure sur un tombeau.

> O mon fils ! pauvre sensitive,
> Tu brillais ainsi qu'une fleur
> A l'heure où le matin arrive
> Paré d'éclat et de fraîcheur.

> Oui, mais te voilà dans ta couche
> Endormi bien avant le soir,
> Et le sourire de ta bouche
> Ne vient plus me parler d'espoir.

Tes petits bras, chère caresse,
Vers moi toujours étaient tendus
Sous les baisers de ma tendresse
Ton front ne s'épanouit plus.

Plus doux qu'au désert sur la mousse
La source au murmure enchanteur,
Les mots que disait ta voix douce
Ne font plus tressaillir mon cœur.

Je ne vois plus qu'en ma pensée
Se mouvoir ta tête d'enfant,
Ainsi qu'une fleur balancée
Par la tiède haleine du vent.

Plus rien qu'une douleur amère;
Plus rien qu'un tombeau sur ce bord.
Oh! dis, que fais-tu sans ta mère,
Enfant, dans les champs de la mort?

Le soir, quelle femme te berce,
En chantant, sous le tamarin?
A ta soif quelle femme verse
En ton sein le lait de son sein?

Qui pour toi, quand le soleil brille,
Cherche un abri désert et doux?
Qui te sert d'amis, de famille?
Oh? qui peut t'aimer comme nous?

Hélas! quand ici, moi, je pleure,
Peut-être, heureux loin de ces lieux.
Toi, sur ta nouvelle demeure
La nuit ne voile pas les cieux.

N'es-tu pas l'étoile tranquille
Qui tremble où le ciel va finir
Et dont le rayon immobile
Sur ta tombe vient s'endormir?

N'es-tu pas la fleur éphémère,
Aux pures et douces senteurs,
Qui semble regarder la terre
Que mes yeux inondent de pleurs?

L'étoile, elle cesse de luire;
La fleur, elle roule au chemin.
Ainsi l'une meurt, l'autre expire,
Mais elles renaîtront demain.

Ah! si je pouvais, triste femme,
Avec le parfum, le rayon,
O mon fils! receuillir ton âme
Qui frissonne sur ce gazon!

Longtemps, dans mon sein qui tressaille,
Longtemps, je la réchaufferais;
Et près de moi, chère trouvaille,
Un matin, je te reverrais.

1842.

DÉCEPTION.

Bien jeune et sans soutien, lorsqu'il monta sa lyre,
Il croyait que la gloire, accourant à sa voix,
Viendrait d'un rayon pur échauffer son délire
Et couronner son front mieux que le front des rois.

Il croyait que bientôt, au sein de notre France,
Les échos des cités répéteraient son nom,
Et que ses vers, remplis de baume et d'espérance,
Iraient des malheureux habiter la maison.

Oh! c'était là surtout sa fervente pensée.
A quoi sert, disait-il, de chanter ici-bas,
Si ce n'est pour porter à chaque âme blessée
L'espoir, douce liqueur qui raffermit les pas.

Puis, il croyait qu'un jour le passant solitaire,
S'arrêtant, vers le soir, sous des saules pleureurs,
Irait, morne et pensif, en regardant la terre,
Verser sur son tombeau des larmes et des fleurs.

Il croyait tout cela tant son âme était neuve.
Mais il comprit bientôt les hommes d'aujourd'hui ;
Ils disaient : — L'insensé ! quel calice l'abreuve !
De la gloire ! Il est fou. Détournons-nous de lui.

Il est pauvre et son front veut un rayon de gloire !
Et comment sans notre or l'acheter ce rayon !
Pour penser à Gilbert n'a-t-il point de mémoire ?
Aux pauvres l'hôpital ; aux riches le renom. —

L'hôpital ! hélas ! oui ! c'est là que son génie
Au moment de l'espoir tomba sous le malheur.
Il berçait dans sa main la lyre d'harmonie ;
Le malheur vint briser la lyre sur son cœur.

Pleura-t-il ? oh ! beaucoup, non pour lui, pour ses frères
Qu'il laissait là souffrants au milieu du chemin.
Mon Dieu, répétait-il, allège leurs misères ;
Prends ma vie aujourd'hui, mais donne-leur ta main.

Et l'enfant s'éteignit, pâle étoile qui tombe,
Au milieu de la nuit, sans soutien, sans secours.
Seul, une pauvre fille a pris soin de sa tombe.
Elle n'avait qu'un frère ; elle pleure toujours.

1844.

MÉDITATION.

Sur un rocher, au flanc béant de la montagne,
Je m'assis. Le soleil baissait dans la campagne.
Pensif, je contemplai longtemps le ciel d'azur
Au-dessus des grands monts arrondi, dôme pur
Où l'oiseau qui passait, avec ses blanches ailes,
Semait, en se jouant, de pâles étincelles.
Des flots de pourpre et d'or, à l'occident vermeil,
Semblaient former la couche où s'endort le soleil.
Aucun nuage alors ne passait sur ma tête :
Le ciel était riant, joyeux comme une fête.
Après je regardai, sous mes pieds, le torrent
Dont les flots bondissaient dans les rocs en courant
L'écume, dans le gouffre où tournoyait la fange,
Formait, en s'y mêlant, comme une pâle frange.
Des rochers, par moments, roulaient avec fracas.
Pas un rayon d'en haut ne tombait jusqu'en bas
Pour éclairer un peu, sourire dans cette ombre,
Du ténébreux chaos le bouillonnement sombre.

Et je laissai longtemps ma rêverie errer ;
Et lorsque vint la nuit je me pris à pleurer,
Songeant que l'avenir, souci qui nous opprime,
Est bleu comme le ciel ou noir comme l'abîme.

1842.

8

TROISIÈME PARTIE

LES RIMES CHOISIES

1845-1852

LA VOIX DES CHAMPS.

A VICTOR HUGO.

Le matin, quand tout s'éveille,
  Que les lis
Bercent chacun une abeille
  Dans leurs plis ;

Lorsque l'aube orientale,
  Au front pur,
Paraît et sa pourpre étale
  Dans l'azur ;

Que sur la verte colline
  Erre encor
Le brouillard, vapeur divine
  Aux flots d'or ;

Lorsqu'un clair rayon se pose
  Sur les eaux
Et peint d'une teinte rose
  Les roseaux ;

Quand l'alouette s'envole,
          Louant Dieu,
Vers la céleste coupole
          Au fond bleu ;

Lorsque l'oiseau qui s'égaie,
          Plein d'amour,
Emplit de bruit chaque haie
          D'alentour ;

Quand la brise au bois gazouille,
          Que l'étang
Caresse le bord qu'il mouille
          En chantant ;

Quand la rosée où luit l'aube,
          Pleurs des airs,
Brille, rubis, sur la robe
          Des prés verts ;

Quand tout sourit, quand tout chante,
          Flots et bois,
Et que toute chose enchante
          A la fois,

J'aime errer parmi les roses
          Et le foin,
Disant aux pensers moroses :
          Allez loin !

Les bruits, l'aurore vermeille,
  Les beaux cieux,
Tout réjouit mon oreille
  Et mes yeux.

Le lis avec la pervenche
  Et le thym
M'enivrent d'odeurs qu'épanche
  Le matin.

Il me semble que la plaine,
  Toute en fleurs,
A cette heure est comme pleine
  De bonheurs.

A ces flots de poésie,
  Bien souvent,
Je puise la fantaisie,
  En rêvant.

Chaque arbre est comme une lyre
  Aux doux sons,
Où j'écoute du zéphyre
  Les chansons.

Le flot qui vient sur la mousse
  S'assoupir
Me semble un hautbois qui pousse
  Un soupir.

Brises, flots, feuilles tremblantes,
Verts roseaux,
Notes rapides ou lentes
Des oiseaux,

J'écoute tout dans mon âme,
Et mon cœur,
Où luit la divine flamme,
Chante en chœur.

Opéra de la nature,
O concert.
Où chaque chose murmure
Un doux air !

Délicieuse harmonie,
Voix des champs,
La douceur est infinie
De vos chants.

L'hymne que disent les anges
Dans le ciel,
N'a pas, si loin de nos fanges,
Plus de miel.

La voix bruyante du monde,
Elle, hélas !
C'est la tourmente qui gronde
Sur nos pas ;

Ç'est le fracas de la houle,
    Le grand bruit
Que fait l'océan qui roule
    Dans la nuit;

C'est le râle de l'abîme,
    Les sanglots
Qu'y jettent de cime en cime
    Tant de flots.

Hélas! dans cette tempête,
    Loin du port,
Combien vont ployant la tête
    Sous leur sort!

Malheureux que bat la lame,
    A qui rien
N'a dit dans le fond de l'âme:
    Tout est bien!

Et qui, sur leur gouffre sombre,
    O douleur!
N'ont jamais vu flotter l'ombre
    D'un bonheur.

Oui, tout est bien dans les plaines
    Tout est doux:
Le ciel sourit aux fontaines,
    L'onde à nous.

Là, tout aime, ombre et lumière,
Tout s'unit,
La fleur à l'herbe et le lierre
Au granit.

O brise au langage tendre,
Vent des bois,
Pour moi quel bonheur d'entendre
Votre voix,

Votre voix qui, comme un rêve
Qu'on fait peu,
Ravit mon âme et l'élève
Jusqu'à Dieu.

Oui, moi, félicité pure,
A genoux,
Je suis à vous, ô nature !
Tout à vous.

Je veux, dans ma longue extase.
Chaque jour,
Ne boire qu'à votre vase
Mon amour ;

Ne puiser ma poésie,
Humble oiseau,
Qu'à votre source choisie.
Qu'à votre eau.

Je veux, sur un lit de mousse,
        Ne m'asseoir
Qu'aux vallons où tout s'émousse
        Vers le soir ;

Ne tourner mon œil sans voiles,
        Plein de feu,
Que vers les blanches étoiles
        Du ciel bleu ;

Ne me baigner qu'aux rosées
        Dont la nuit
Couvre les côtes boisées
        Où tout luit ;

Ne chercher, quand mon cœur sombre
        Est sans voix,
Le bonheur riant qu'à l'ombre
        Des grands bois.

Je veux, fuyant toutes foules,
        Mer de pleurs,
N'aimer que toi, flot qui coules
        Sur des fleurs.

*\
* *

O Hugo ! vous aussi vous recherchez les plaines,
Et les rayons dorés, et l'ombre, et les fontaines,
Et la brise, et les flots caressés des roseaux ;
Vous vous perdez souvent, quand chantent les oiseaux,

Dans les bois, dans les champs tout hérissés de chaume
Et dans les vallons verts où chaque fleur embaume.
C'est là que vous puisez, poète aux chants aimés,
Cette senteur qui fait vos vers si parfumés.
Oh ! n'est-ce pas, c'est là qu'illuminant votre âme,
Descend sur vous d'en haut cette divine flamme
Qui, quelquefois éclairs, mais plus souvent rayons
Luit dans tous vos écrits comme nous le voyons !
O Maître ! je vous aime autant que mes vallées
Comme elles vous avez lueurs d'ombre mêlées
Gazouillements, parfums, aubes riches d'espoir,
Ciel pur, vaste horizon, côteaux charmants à voir :
Comme elles vous avez, toujours doux ou sublime,
Des ravins, des ruisseaux, des lacs, mais point d'abîme,
Et vous avez aussi ce flot inspirateur
Auquel, chaque matin, veut s'abreuver mon cœur.

Poète, votre gloire est grande sur la terre.
C'est un soleil ; et moi, moucheron solitaire,
Dans ses rayons divins épanchés à grands flots,
Je viens vous bourdonner mes vers aux champs éclos,
Et, gravitant où luit sa lumière éternelle,
Dorer à vos splendeurs le reflet de mon aile.

                                        1847

LA FLEUR FLÉTRIE.

Pauvre fleur, hier encor tu brillais au vallon,
Blanche et fraîche, semblable au nocturne rayon
　　　Allumé sur nos têtes.
Heureuse, tu levais ton front couronné d'or,
Et tu semblais sourire, insoucieuse encor,
　　　Au ciel pur de tempêtes.

Le ciel était si beau ! Le jour était si doux !
On se fut, devant Dieu, mis soudain à genoux,
　　　Dans un transport de joie.
Tout chantait dans les prés, tout riait dans les champs,
Et l'ivresse semblait gonfler, au bruit des chants,
　　　Ta corolle de soie.

Le ruisseau, sur ses bords, te berçait mollement ;
La brise caressait, comme fait un amant,
　　　Ta tête parfumée ;
Et la brise amoureuse et le flot des ruisseaux
T'appelaient, se jouant parmi les grands roseaux,
　　　Leur douce bien-aimée.

Le papillon charmant, fleur amante des fleurs,
Ouvrant ses ailes d'or aux changeantes couleurs,
    Venait à ton haleine ;
Et toi seule pouvais, sur ton sein palpitant,
Par ta beauté céleste arrêter l'inconstant
    Qui volait par la plaine.

Ah ! tu n'aurais pas cru, riche de tant d'amour,
Que le ciel pût soudain en nuit changer ton jour,
    Ton doux calme en tempête,
Et que tu tomberais, triste, oh ! triste destin !
Déchirée et flétrie, à ton premier matin,
    A ta première fête.

L'ouragan s'est levé comme un vent de la mort ;
Et ton front pâlissant s'est courbé sous l'effort
    De son aile enflammée ;
Et la brise amoureuse, et le flot des ruisseaux
Pleurèrent, se cachant au fond des grands roseaux,
    Leur douce bien-aimée.

La bise semblait dire : — O pauvre fleur des bois !
Parmi tes sœurs si blanche et si rose à la fois,
    Si pleine de rosée,
Je ne pourrai donc plus, quittant mon lit de thym,
Te couvrir de baisers au lever du matin :
    L'orage t'a brisée.

Et le ruisseau disait avec de longs sanglots :
— Je ne te verrai plus te mirer dans mes flots,
      O ma lumière éteinte !
Et les prés que je baigne et les bois d'alentour
N'entendront plus, au lieu de mes chansons d'amour.
      Qu'une éternelle plainte.

Amère destinée ! Et pourtant, parmi nous,
C'est ainsi que parfois, à son matin si doux,
      S'éteint la jeune fille,
Esprit de la pensée, ange, trésor des yeux
Fleur que Dieu trop souvent vient chercher pour ses cieux
      Où tout rayonne et brille.

Et l'on se dit : — Hier sa senteur enivrait,
On était ébloui de son œil qui s'ouvrait
      Tout scintillant de charmes ;
Maintenant, la voilà froide dans le cercueil....
Et devant elle aussi, le front couvert de deuil,
      On n'a plus que des larmes.

1846.

A LA LUNE.

Tendre fille du ciel, que j'aime, ô blanche lune !
Ta paisible clarté ! Pâle, dans la nuit brune,
Tu parais, et vers toi, de l'orient d'azur,
Comme un essaim charmant de vierges au front pur,
S'élève, en rayonnant, la foule des étoiles.
A ton aspect, le ciel replie au loin ses voiles,
Le vallon s'illumine et, jusqu'aux horizons,
Se montrent les coteaux, pareils à des toisons.
Oh ! qui pourrait troubler ta marche solitaire,
Toi dont le doux flambeau s'allume pour la terre,
Et dont les clairs rayons, baignés au lac lointain,
Argentent les flots bleus que dore le matin ?
N'es-tu pas, sur la nue où l'on te voit assise,
Quelque Ange dont la robe au vent flotte indécise
Et qui, dans la nuit sombre où tout roule au hasard,
Laisse tomber ici son céleste regard ?
Astre mystérieux, reine de cette voûte
Où l'œil, comme une amie, aime à suivre ta route,
Tu sembles épancher sur nous, à flots de miel,
Tout le calme divin des campagnes du ciel.
L'esprit, de rêve en rêve, au milieu du silence,
Flotte comme bercé par ta douce influence,
Et l'on sent, par degrés, descendre dans son cœur
Comme une lente extase, une molle langueur,
Pleine de paix profonde et de douceur suprême.
Tendre fille du ciel, blanche lune, Oh ! je t'aime !

1846.

LE PRINTEMPS.

Voici revenir le printemps,
Couronné de myrte et de roses.
Sa main répand sur toutes choses
La vie en rayons éclatants.

D'amour, parmi les fleurs écloses,
S'enivrent les oiseaux chantants.
Voici revenir le printemps.
Couronné de myrte et de roses.

Douce aimée, ô toi qui m'attends !
Ouvre l'asile où tu reposes :
Comme l'abeille aux lis flottants,
Je veux boire à tes lèvres roses :
Voici revenir le printemps.

1847.

SCÈNES D'UNE NUIT DE TEMPÊTE.

— OSSIAN —

La table du festin chez Cormhul est dressée ;
Cent torches de résine éblouissent les yeux ;
Et Cormhul n'attend plus, dans la nuit avancée,
Que trois des convives joyeux.

PREMIER CONVIVE, arrivant.

Froide et triste, la nuit pèse sur les collines.
La nue, au vent du nord, se déchire en lambeaux.
On entend les torrents pleurer dans les ravines,
La chouette glapir sur l'arbre des tombeaux.

Pas une étoile au ciel ! Tout est noir, tout est sombre.
Au flanc des hauts coteaux gémissent les cyprès.
La branche crie et tombe, et la bise, dans l'ombre,
Roule par les vallons les débris des forêts.

Le voyageur lointain, seul au fond des ténèbres,
Egaré, haletant, frissonne à chaque bruit.
Il croit voir sur ses pas des fantômes funèbres.
O mes amis ! sauvez, sauvez-moi de la nuit.

DEUXIÈME CONVIVE, arrivant.

Le vent s'est déchaîné ; la colline tressaille ;
De sinistres clameurs remplissent le vallon ;
Pareils à des géants luttant dans la bataille,
Les pins, s'entre choquant, luttent sous l'aquilon.

Les dogues jusqu'au loin hurlent dans les campagnes ;
Le lac, comme une mer, bondit jusqu'à mes pieds ;
La tourmente a chassé, dans le creux des montagnes,
Les sangliers tremblants et les loups effrayés.

Le torrent débordé roule son onde immense.
Quelqu'un sonde le gué. Le flot s'élève et fuit.
Entendez-vous ce cri ? C'est la mort qui s'avance.
O mes amis ! sauvez, sauvez-moi de la nuit.

TROISIÈME CONVIVE, arrivant.

La tempête rugit de la montagne aux plaines.
Les sapins entraînés roulent sous ses efforts ;
La hutte est emportée et les branches des chênes
Se tordent comme l'herbe à la couche des morts.

Le météore ardent, sur l'aile de l'orage,
Par les flots bondissants s'élève reflété,
Il s'arrète au-dessus du mont, sanglant présage,
Et je vois les coteaux trembler dans sa clarté.

Mais quel est ce guerrier près du torrent qui roule?
Il est enveloppé d'un manteau de vapeur.
Est-ce une ombre? Le flot bat le lac sous la houle
Et dévore la rive en proie à sa fureur.

Une barque qui sombre! Où sont les rames blanches?
Hélas! où sont aussi les pâles matelots?
O fille du désert qui sur le roc te penches!
Pourquoi si tristement regardes-tu les flots?

Elle attend, dans la nuit, le bien-aimé loin d'elle.
Mais la barque se brise au pied du roc. Malheur!
On entend une voix. C'est l'amant qui l'appelle?
C'est le râle étouffé du bien-aimé qui meurt.

La neige maintenant, lugubre linceul, tombe.
L'ouragan éloigné s'apaise. Il est minuit.
Que la vallée est morne! On dirait une tombe.
O mes amis! Sauvez, sauvez-moi de la nuit.

CORMHUL.

Qu'importe que la brume assiège les collines;
Que l'ouragan se torde en brûlants tourbillons;
Que le torrent mugisse au profond des ravines;
Que le dogue effrayé hurle dans les vallons.

Qu'importe que la nuit soit azurée ou sombre;
Que la nue enflammée éclate dans les airs;
Que la lune s'éteigne ou s'allume dans l'ombre
Comme un foyer tremblant sur les rochers déserts:

La nuit fuit devant l'aube ; un jour nouveau se lève.
Le soleil reprendra demain son doux flambeau.
Nous seuls, ô mes amis ! triste moisson du glaive,
Nous ne revenons point de la nuit du tombeau !

Où sont ceux qui levaient la lance meurtrière
Aux siècles écoulés ? Où sont nos rois fameux ?
A peine trouvons-nous, épars sous la bruyère,
  Leurs tombeaux oubliés comme eux.

Nos palais crouleront sur ces monts solitaires ;
La biche y conduira sans peur ses faons chéris ;
Et nos fils chercheront les palais de leurs pères
Sans même en reconnaître à leurs pieds les débris.

O mes amis ! Prenons les harpes inspirées.
Elevons, élevons nos voix jusqu'au matin.
Vidons, car le temps fuit, les coupes désirées
Où ruisselle à longs flots l'ivresse du festin.

Charmons ainsi la nuit. Quand reviendra l'aurore,
Que les arcs soient tendus, les grands lévriers prêts ;
Au bord des lacs profonds, sur les monts d'Inistore,
Nous irons relancer les hôtes des forêts.

        1846.

ISOLEMENT.

Lorsque la colombe fidèle
Quitte le nid de ses amours
Son doux ramier peut tendre l'aile
Et partout la suivre, et toujours.

Au bord des ruisseaux, dans les plaines,
Sur les coteaux mystérieux,
Dans les bois, à l'ombre des chênes
Ils volent, ils passent tous deux

En tous lieux on les voit ensemble,
S'ènivrant du même parfum.
Beau couple, heureux époux, il semble,
Unis ainsi, qu'ils ne font qu'un.

Que ne puis-je aussi tendre l'aile !
Doux ramier né pour les amours,
Près de ma colombe fidèle,
Heureux, je volerais toujours.

J'irais partout, dans les vallées
Où son pied se pose, le soir ;
Et chaque jour, sous les feuillées,
Je pourrais l'entendre et la voir.

A l'ombre du saule qui penche,
Je la verrais, près des ruisseaux,
Tourner vers moi sa tête blanche,
Bercée à mes pieds par les eaux.

Je bâtirais des nids de mousse,
Puis, la nuit étant de retour,
Je lui dirais d'une voix douce,
Bas, tout bas : Oh ! viens, mon amour.

Ici, seul, toujours la tristesse.
Il me semble, dans ma langueur,
Que les grands bois n'ont plus d'ivresse
Et les roses plus de senteur.

En vain j'erre sur la colline
Où nous reposions autrefois.
Ma voix l'appelle ; la ravine,
Hélas ! répond seule à ma voix.

Passez, ô ses blanches compagnes !
Vos époux sont sous le tilleul.
Quand, deux à deux, dans ces campagnes !
Vous vous jouez, moi, je suis seul.

J'ai vu la lointaine hirondelle
Revenir après les frimas.
Dis ! ne feras-tu pas comme elle ?
Bientôt ne reviendras-tu pas ?

Sous mon saule dont l'ombre enivre,
Ma colombe, oh ! viens me guérir :
Quand on est près l'amour fait vivre ;
Quand on est loin, il fait mourir.

                                        1846.

A MADAME ***.

Qu'il est doux, le matin, de courir, blanche et folle,
Dans les prés pleins de fleurs, dans les bois pleins de chants,
Et de jeter à tout quelque vive parole,
      Pleine d'amour comme les champs !

Qu'il est beau, vers le soir, d'aller de porte en porte,
Solitaire et semant dans l'ombre les bienfaits !
De dire au malheureux : la paix, je vous l'apporte,
      Et chez lui de laisser la paix !

Oh ! lorsqu'ainsi, Madame, au sein de la vallée,
Heureuse, vous passez le matin ou le soir,
On croirait que quelque Ange à la face étoilée
      Loin du ciel est venu nous voir.

1850.

LAODICE.

Oh ! Laodice est belle !
Charmants sont ses yeux noirs ;
Sa taille est souple et frêle,
Taille de demoiselle
Qui se joue aux lavoirs.

Comme un ruisseau dont l'onde
Baigne les lis des prés,
Sa chevelure blonde
Sur son cou qu'elle inonde
Roule des flots dorés.

Sa joue est fraîche et rose ;
Son front est pur et doux ;
Son œil, quand il s'y pose,
Épanche quelque chose
De céleste sur vous.

L'éblouissant sourire,
Objet de vœux ardents,
Qui, plein d'un gai délire,
Sous ses lèvres fait luire
Les perles de ses dents !

Nulle bouche pareille !
Qui ne voudrait puiser,
Comme aux roses l'abeille,
A cette urne vermeille
L'amour dans un baiser?

O blond jeune homme ! admire
Aussi son pied coquet,
Son pied qui semble rire
Quand, lutin, il se mire
Au cristal du parquet.

Non, la mule tressée
D'or et de vermillon,
Par ce beau pied pressée,
N'eut pas été chaussée
Jadis par Cendrillon.

Sa main, on l'idolâtre.
Etrangère au fuseau,
Elle semble d'albâtre,
Et la veine bleuâtre
Y trace son réseau.

Du rossignol qu'enchante
L'aurore au fond des bois,
Quand elle parle ou chante,
Tant sa voix est touchante,
On croit ouïr la voix.

Puis, l'attitude aimée
Qu'elle prend, vers le soir,
Quand, la chaleur calmée,
Elle vient, blanche almée,
A son balcon s'asseoir !

Le vent des nuits soulève
Son voile retenu ;
Et, comme dans un rêve,
La lune, heure trop brève,
Vient baiser son sein nu.

Oui, Laodice est belle.
Pourquoi faut-il, hélas !
Au fond froide et cruelle,
Que ses yeux n'aiment qu'elle,
Que son cœur n'aime pas ?

1851.

LA COLOMBE.

— ANACRÉON —

— Que ton aile est rapide, ô colombe ! Légère,
Tu sembles un rayon qui descend vers la terre.
D'où viens-tu ? Sur quels monts mystérieux et doux
As-tu pris les parfums que tu répands sur nous ?

— Anacréon m'envoie, aux champs de Mytilène,
Vers Naïs, blanche fille aux longs cheveux d'ébène.
Je suis née à Paphos et sers Anacréon,
Car Cypris m'a vendue au prix d'une chanson.
Prends ton vol, m'a-t-il dit et traverse la nue ;
Ton Maître te fait libre aussitôt revenue.
Libre ! Ah ! fi mille fois de cette liberté !
Aurais-je, loin de lui, même félicité ?
Moi, je préfère à tout sa paisible demeure.
Là point d'hiver glacé, ni de bise qui pleure.
Puis, les douces chansons et les joyeux festins !
Je me nourris de miel, que me versent ses mains.
Sa coupe, où rit à flots un vin pur qui fait vivre,
Est la coupe dorée où, folle, je m'enivre,
Et, le sommeil vient-il arrêter nos transports,
Sur sa lyre endormie, heureuse, je m'endors.

1847.

SOUS LES TILLEULS.

Tous deux s'étaient assis sous les tilleuls du bois.
Heureux et souriants, ils causaient, et leurs voix
Se mêlaient mollement comme, au détour des plaines,
Se mêlent les soupirs des prés et des fontaines.
Oh ! que s'aimer est doux, murmuraient-ils ; l'amour,
C'est le bonheur ainsi que le soleil, le jour.

Mais elle, sur sa lèvre à la grâce enivrante,
Bientôt avait tari sa parole expirante.
Sa tête s'inclinait et ses grands yeux voilés
Cachaient, sous leurs longs cils, leurs rayons étoilés.
Elle n'entendait plus le bien-aimé près d'elle,
Ivre de sa beauté, l'appeler blanche et belle
Et lui dire, baignant sa main dans ses cheveux :
T'aimer, t'aimer toujours, oh ! c'est ce que je veux !
Elle ne voyait plus son long regard humide
L'envelopper d'amour comme, en un jour splendide,
Les regards du matin, miroitant sur les eaux,
Enveloppent, au bord, le lis blanc des ruisseaux.
Rêveuse, elle semblait à quelque penser sombre
Laisser aller son âme où s'étendait son ombre,
Et, pauvre ange frappé par un éclair soudain,
Laisser pleurer son cœur en quittant son éden.

Quand il la vit ainsi, dans ce flot de tristesse,
Éteindre de sa main sa joie et son ivresse,
Inquiet aussitôt et plein de ses douleurs,
Lui qui vit de sa vie et qui pleure à ses pleurs :
— Oh! qu'as-tu, lui dit-il d'une voix soucieuse;
Qu'as-tu pour te courber, pâle et silencieuse,
Hélas! et pour vêtir ton âme de ce deuil?
Pourquoi vers le ciel bleu ne plus lever ton œil?
Quel chagrin, descendu sur ton front qui s'incline,
Y pose-t-il ainsi la couronne d'épine,
Versant en même temps, au lieu d'ambre et de miel,
Dans ton cœur désolé le vinaigre et le fiel?
Oh! dis; qui peut ainsi t'attrister, douce aimée?
Trouves-tu plus que l'heure est tiède et parfumée?
Trouves-tu plus que l'air est bon, que les grands bois
Sont tout retentissants d'harmonieuses voix?
Oh! regarde les prés, les champs que tout embaume;
Regarde les oiseaux qui volent dans le chaume;
Tout goûte, autour de nous, la paix et le bonheur;
Et toi, pourquoi pencher ton front, fermer ton cœur?

Soulevant lentement ses yeux vers la montagne,
Elle lui répondit : — Ami, l'ombre nous gagne.
Vois le soleil baisser. Hélas! bientôt la nuit
Eteindra tout rayon au ciel, ici tout bruit.

— O mon âme! la nuit est douce aussi. Qu'importe
Ce que le jour reprend si la nuit nous l'apporte.

— Qu'importe, reprit-elle. Ah! tu l'as dit : L'amour,
C'est le bonheur ainsi que le soleil le jour.

Le jour s'éteint : l'amour aussi peut donc s'éteindre. —
Et comme si son cœur, qu'un malheur vint d'atteindre,
Se fut ouvert soudain sous ce coup de douleurs,
Son regard s'inonda d'un long torrent de pleurs.

Elle pleura longtemps, sur le sol affaissée.
Oh ! qu'il eût voulu, lui, chasser cette pensée !
A genoux, à ses pieds, étouffant ses sanglots,
Il essayait enfin de tarir tant de flots.
— T'oublier ! t'oublier, lui disait-il, oh ! crainte
Dont ton âme jamais n'eut dû sentir l'atteinte !
Rêve qu'en ton esprit quelque démon jaloux
A versé pour troubler le bonheur entre nous,
Comme dans une coupe, emplie aux eaux divines,
On verserait soudain le flot noir des ravines !
Est-ce que l'hirondelle oublie, à son retour,
Le nid où, tout un an, s'abrita son amour ?
Est-ce que le ramier cesse, quand le jour tombe,
Infidèle, d'aimer sa fidèle colombe ?
Oh ! réponds ; le ruisseau, qui nous dit sa chanson,
Repousse-t-il parfois les baisers du gazon ?
L'abeille, qui s'en va butinant dans les plaines,
Fuit-elle la liqueur dont les roses sont pleines ?
La fauvette des bois, lorsque l'aurore luit,
Chante-t-elle le jour qui renait, ou la nuit
Préférant, de ses sœurs la seule et la première,
L'ombre noire aux rayons de la blanche lumière ?
Non ; tous, ruisseau, ramier, la fauvette des champs,
Ont toujours même amour, toujours mêmes penchants.
Et moi, quand je te dis à genoux que je t'aime,
Que je suis tout à toi, tu doutes, peine extrême,
Et, pensive, les yeux tout inondés de pleurs,
Tu te laisses aller aux cuisantes douleurs.

Comme Pétrarque aima sa Laure ; comme Dante
Sa blanche Béatrix, avec son âme ardente,
Ainsi, crois-le, je t'aime, ô ma vie ! ô ma foi !
Car, ma foi, c'est ton cœur ; car ma vie, ah ! c'est toi !

Hélas ! ajouta-t-il, pourquoi ne peux-tu lire
En mon cœur tout l'amour que ta beauté m'inspire !
Pourquoi, dans mon regard qui s'attache à tes traits,
Ne peux-tu voir mon âme où tu vis à jamais ?
Ne sais-tu plus combien les mots de ta tendresse
Me donnent de transport et d'ineffable ivresse ?
Ne sais-tu plus, oh ! dis, quand, à côté de moi,
Je te contemple heureuse et le bonheur en toi,
Quel torrent de bonheur, quelle mer de délice
Coule aussi dans mon sein, à flots, de ce calice ?
Et tu crains que plus tard je brise de ma main
L'urne de tant d'amour et la jette au chemin ?
Ah ! l'avare sordide ivre de ses richesses,
Jetterait bien plutôt son or avec largesses ;
Le poète divin, du ciel même inspiré,
Briserait bien plutôt la lyre au chant sacré.
Et qui donc — ô mon Dieu ! fais qu'elle croie en elle —
Qui donc resterait sourd à ta voix qui l'appelle ?
Qui donc lorsque, le soir, ta main presse sa main,
Pourrait ne pas te dire, en partant : à demain !
Ah ! n'aurais-tu jamais, sur le rivage assise,
Vu trembler dans le lac ton image indécise ?
N'aurais-tu jamais vu, quand tu passes, le soir,
Blanche dans nos sentiers couverts d'ombrage noir,
Les promeneurs, frappés d'émotion étrange,
S'arrêter devant toi comme devant un ange,
Et te suivre des yeux, pure apparition,
Aussi longtemps qu'au loin dure la vision ?

Oh! oui, je suis à toi, comme l'herbe aux prairies,
Comme l'onde aux ruisseaux, aux bois les rêveries,
Comme le ciel à Dieu, comme au soleil les jours,
A toi ce soir, à toi demain, à toi toujours ! . . . —

Tels qu'aux prés, en avril, les fleurs dont Dieu les sèvre,
Les pensers de son cœur abondaient sur sa lèvre.
Hélas ! celle qu'il aime, ainsi qu'un lis brisé,
Courbait toujours son front, sur ses genoux posé.
Par degrés cependant, sous un souffle céleste,
Parut se dissiper ce nuage funeste :
La voix du bien-aimé, pénétrant dans son cœur,
Allait y réveiller enfin l'espoir vainqueur.
Un sourire charmant, comme un reflet de roses,
Timide reparut sur ses lèvres écloses.
Ses yeux, mouillés encor, se séchèrent, et quand,
Le jour tombé, la lune apparut au levant,
On vit le long du bois, sous les tilleuls moins sombres,
Ivres de leur amour, errer comme deux ombres.

1845.

A M. ***.

Vous m'écrivez : « Deux bouches roses,
Au sourire malin mais doux,
Comme on demanderait des roses,
Curieuses, entre autres choses,
M'ont demandé des vers de vous. »

Vite, ami, je vous en envoie,
Parfumés de l'odeur des lis.
Puissent-ils, murmures de joie,
Leur être comme un bruit de soie
Tombant de leur robe aux longs plis ;

Comme un chant lointain de la plaine,
Qui s'élève et meurt vers le soir ;
Comme une senteur que promène
Quelque fée à la douce haleine,
Qu'on entend mais qu'on ne peut voir,

Et qui, mélodieuse et pure,
En se jouant parmi le thym,
Vient, avec un divin murmure,
Baiser leur longue chevelure
Sur leurs épaules de satin.

1852

L'OR.

— Où vas-tu, Paul? — Je vais au loin chercher fortune.
— N'avais-tu pas ici toute chose? — Oui, moins une,
La principale, l'or ; car sans l'or, le seul bien,
Quelque honnête qu'il soit, l'honnête homme n'est rien.
— Et ta femme qui pleure et qui se désespère,
Et ton fils qui te tend les bras. A la misère
Les abandonnes-tu, faibles contre le sort?
— La mère est courageuse et l'enfant sera fort.
— Ton père, vieillard blanc, se penche vers la tombe.
— Qu'y faire? Au jour venu chacun de nous succombe,
Et quand je serais là, ses moments révolus,
Le ferais-je donc vivre une aurore de plus?
— L'amitié quelquefois comme un lien attache.
— Faible et maigre lien, et rare que je sache.
Je conviens que le mot se voit dans les discours.
Elle-même vraiment, elle n'a guère cours.
Mais tu ne crains donc rien, ni mousson, ni tempête,
Ni la foudre qui gronde et menace la tête
Des passagers tremblants, des pâles matelots?
— Je ne crains rien, pas plus la foudre que les flots,
Et pour aller chercher aux lointaines contrées
Ce que je rêve ici : l'or, pépites sacrées,
L'or, dollars scintillants qui sonnent bon aux cœurs,
J'affronterais l'enfer, s'il m'ouvrait ses terreurs.

— Je te quitte. Adieu Paul ; sois heureux, bonne chance ;
Puisse, puisse le ciel combler ton espérance !
Moi, je préfère à tout, laissant tes âpres soins,
Ma médiocrité sans tracas, sans besoins,
Ma maison, mon jardin, mes vieux livres, mes roses,
Et ma tranquillité, mère des douces choses,
Des longs recueillements et des heures d'amour
Que le bonheur pour moi parfume chaque jour.

1851.

LE RÉVEIL.

UNE MÈRE A SON ENFANT.

Tes yeux s'ouvrent ; oui, tu t'éveilles ;
Chère enfant, tu me tends les bras,
J'ai du repos quand tu sommeilles,
Du bonheur quand tu ne dors pas.

Penche-toi, que ma bouche échange
Tous les baisers d'un autre jour.
Ainsi le front pur d'un bon ange
Se pencherait sous notre amour.

Que j'aime ton joyeux sourire
Et tes yeux bleus, charmant trésor,
Et ta bouche qui veut tout dire,
Mais qui ne peut parler encor !

Regarde la blanche colombe
Qui se baigne ici sans nous voir :
A ses côtés le flot retombe
En perles au bord du lavoir.

Sa gorge, faiblement sonore,
Murmure un chant dans ses ébats.
Ainsi ta lèvre, tendre encore,
Chante un chant qu'on ne comprend pas.

Là s'ouvrent les roses vermeilles ;
Plus loin se penchent les grands bois.
J'admire Dieu dans ces merveilles ;
Mais je l'aime quand je te vois.

Hier, tu jouais sous les feuillées,
Près d'un lis aux fraîches couleurs ;
Et les vierges émerveillées
Disaient : Oh ! les deux belles fleurs !

Ta bouche où le rire se pose
Et que notre amour fit fleurir,
O mon Ange ! est comme une rose
Qu'un chaud rayon vient entr'ouvrir.

L'oiseau sautille sur ses branches ;
Le flot court sur son lit doré ;
C'est dans mes bras que tu te penches,
Toi ; c'est sur mon cœur enivré.

Parle avec le vent dans la mousse ;
Mêle ton regard aux rayons :
Ton doux regard, ta voix si douce
Sont tout pour moi dans les vallons.

Sans toi, le rossignol qui chante,
L'étoile aux voiles de la nuit,
Le bois profond, l'eau murmurante,
Tout serait triste et plein d'ennui.

Au penchant de notre colline
Où Dieu te fit épanouir,
N'es-tu pas, ô ma fleur divine !
Tout ce qui peut nous réjouir.

Je ne crains pas que la souffrance
Descende aujourd'hui sur mon cœur:
En toi j'ai trouvé l'espérance,
Et j'avais déjà le bonheur.

1845.

LE RETOUR.

BALLADE.

LE CHEVALIER.

Allons, mon palefroi ; hop ! le soleil décline,
L'ombre pâle s'étend le long de la colline.
Là-bas, à l'horizon, debout sur le coteau,
Dans la brume, je vois la tour de mon château.
D'amour et de bonheur d'ici mon cœur tressaille.
Plus de combats sanglants, plus de sombre bataille,
O mon coursier ! Demain et tous les jours après,
Tranquille, tu pourras t'ébattre dans ces prés.
Mais le soir vient. Ta course hier était plus pressée.
Hop ! hop ! Je vais revoir ma douce fiancée.

LA PRAIRIE.

Le bonheur ici-bas est court ; il dure moins
Que la fleur du vallon séchée avec les foins.
Ainsi que le soleil qui fait naître et dévore,
Le temps détruit bientôt tout ce qu'il fait éclore.
Au bord de ce chemin fuyant dans son détour,
Assieds-toi, chevalier au cœur rempli d'amour,
Et laisse, auprès de toi, ton palefroi superbe
Brouter, dans son repos, quelques brins de mon herbe.
On arrive toujours, sans qu'on fasse un effort,
Assez tôt pour les pleurs, la douleur et la mort.

LE SENTIER.

Sous mes saules penchés comme un fantôme il passe.
Le pied de son coursier résonne dans l'espace.
Encore une heure, encore un instant, chevalier !
Halte ! Si tu savais ! Crois-moi, la vie est pleine
De plus d'aspérités que jusqu'à ton domaine,
Je n'en présente aux pas de ton noir destrier.

LA BRISE.

Insensé qui s'en va, rêvant bonheur et fête,
Sans ouvrir son oreille aux mots que je répète.
Moi, je sais m'arrêter loin des sombres cyprès
Pour m'enivrer du flot des senteurs des forêts,
Et, caressant les fleurs que penche mon haleine,
Ecouter doucement bruire dans la plaine
La source qui se cache et fuit sous le gazon
Et les insectes d'or nageant dans un rayon.
Moi, je sais m'arrêter et prendre sur mes ailes
Les longs soupirs d'amour des blanches damoiselles
Qui, se penchant, le soir, sur leur balcon doré,
Laissent errer au loin leur regard éploré.
L'homme marche toujours, haletant et sans trève,
Vers un astre lointain qu'il croit voir, mais qu'il rêve.
Il respire l'espoir. Tout à coup, dans la nuit,
L'astre pâlit, s'éteint, et c'est l'espoir qui fuit.

LE CHEVALIER.

Je ne sais quel bruit sourd à mon oreille arrive.
Tout me semble sinistre et d'un lugubre accord.
Avez-vous pas ouï comme une voix plaintive,
Sire Ecuyer ? serait-ce un présage de mort ?

LES SAULES.

On nous a dit : Soyez les gardiens de la tombe !
Voilà pourquoi, toujours courbés, silencieux,
Nous penchons tristement, sur l'homme qui succombe,
Nos longs rameaux en pleurs qui ne voient pas les cieux.
Combien nous recouvrons de morts ! Ils sont sans nombre.
Le ciel roule bien moins d'étoiles dans la nuit.
Sept fois malheur à qui chemine sous notre ombre
Sans prier ! La douleur se dresse et le poursuit.

LE ROSSIGNOL.

Hélas ! elle n'est plus ma douce bien-aimée !
Plus de bonheur pour moi dans la plaine embaumée
En vain, sous les tilleuls, lorsque finit le jour,
Pleurant, je chercherai le nid de notre amour ;
En vain j'irai, le soir, voir si, sur le rivage,
Elle ne baigne pas au lac son beau plumage.
Partout je redirai, d'une plaintive voix,
Son nom si doux aux prés, aux coteaux, aux grands bois ;
Les grands bois, les coteaux, la prairie embaumée
Ne me répondront pas : voici ta bien-aimée !
Hélas ! elle n'est plus, et triste, dans ces champs,
Moi, je pleure ce soir le dernier de mes chants.

LA CLOCHE.

Tinte, ô ma voix ! gémis dans le vallon sonore.
Je suis un messager de deuil et de douleur.
Me faut-il donc porter, quand l'espoir vit encore,
La nouvelle qui brise et l'espoir et le cœur ?

LE CHEVALIER.

Je ne sais quel bruit sourd à mon oreille arrive.
Tout me semble sinistre et d'un lugubre accord.
Avez-vous pas ouï comme une voix plaintive,
Sire Ecuyer? serait-ce un présage de mort?

LES JEUNES FILLES DU HAMEAU.

De profundis..... Mon Dieu, voici la dernière heure.
Encore quelques pas et, dans l'autre demeure,
Où l'on ne compte plus ni les nuits, ni les jours,
Froide, on la descendra loin de nous pour toujours.
Qu'elle était belle, hélas! la jeune châtelaine!
Fleur, sa vue enivrait; mais le vent de la plaine,
Apre, a roulé sous lui, semblable à l'aquilon,
Sa corolle flétrie au fond du noir vallon.
Etoile, elle brillait et sur toutes les voies,
Laissait, en longs rayons, tomber de douces joies;
Mais la nuit de la mort, pleine d'obscurité,
A voilé pour toujours la tremblante clarté.
Le hameau désolé la regrette et la pleure.
De profundis..... Mon Dieu, voici la dernière heure.

LE CHEVALIER.

Qu'entends-je? Ah! c'est le glas funèbre du trépas!
Un abîme sans fond s'entr'ouvre sous mes pas.
Ces chants ce ne sont pas des chants de fiançailles:
C'est au milieu des pleurs l'hymne des funérailles
Qui s'élève du pied des tours de mon château
Et que m'apporte ici la bise du coteau.

Malheur et deuil, Salut ! Armé du sombre glaive,
Que votre bras d'airain sur ma tête se lève !
Vous ne m'userez pas lentement à souffrir :
Ma fiancée est morte, et moi, je vais mourir....

Et soudain chancelants, l'œil éteint, sans haleine,
Cheval et chevalier roulèrent dans la plaine.

1847.

AU BORD DU BOIS.

A BÉRANGER.

Ils marchaient lentement ensemble au bord du bois,
Se parlant du regard autant que de la voix.
Lui, paraissait avoir dix-huit ans ; elle, seize.
Beaux tous deux et le front tout resplendissant d'aise ;
Car, à cet âge heureux où commence l'amour,
Le front rayonne et luit de même qu'un beau jour.
Une main dans la main, tandis que leurs familles,
En fête, s'ébattaient plus loin sous les charmilles,
Eux qui s'étaient compris, sans paroles pourtant,
Sans signes — cœur épris dans le silence entend —
S'écartant de la troupe où mille éclats de rire
Couraient retentissants et pleins d'un gai délire,
Lentement ils marchaient ensemble au bord du bois
Et se parlaient des yeux autant que de la voix.
Moi, couché près de là, distrait de Théocrite,
Au livre abandonné laissant l'idylle écrite,
Immobile et caché, je suivais du regard
Cette autre fraîche idylle, inimitable à l'art.
Oh ! le couple charmant ! Comme deux tourterelles
Qui vont, par les prés verts, entrelaçant leurs ailes,
Ils s'avançaient leurs bras à la taille enlacés
Et leurs fronts lumineux l'un vers l'autre baissés.

Qu'ils paraissaient heureux et que leurs bouches roses
Souriantes, laissaient tomber de douces choses !
Chaque mot de leur lèvre, ainsi qu'un chant du ciel,
Etait comme imbibé d'ambroisie et de miel.
Parfois, ils s'arrêtaient. Il semblait que l'extase
Débordât de leur cœur alors comme à plein vase.
Que de bonheur au fond de leurs regards noyés !
L'un vers l'autre ils étaient plus mollement ployés ;
Leurs cheveux, se mêlant comme de pures ondes,
Confondaient de plus près leurs annelures blondes
Et la brise emportait, se jouant dans le bois,
Un ineffable bruit de baisers et de voix.
Combien de temps dura la scène enchanteresse ?
Trop peu pour eux surtout qu'absorbait leur ivresse.
Des bruits mystérieux, de moi seul entendus,
S'étaient, sous les taillis, à la fin répandus.
Soudain leurs noms, tout près, frappèrent leur oreille ;
Et les deux beaux enfants, la figure vermeille,
Honteux et se voyant des parents entourés,
Par des sentiers perdus s'enfuirent séparés.

Sur la lyre d'ivoire, entre vos mains muette,
Ainsi je vais disant mes chansons, ô poète !
J'écoute les refrains des oiseaux dans les blés,
Le babil des ruisseaux d'herbe et de fleurs voilés,
Les bruits lents et confus qui viennent de la plaine,
Doux comme les soupirs d'une amoureuse haleine,
Et de toutes ces voix, de ces accents divers,
Dans la paix des vallons, je compose mes vers ;
Et je les pare après de pervenches chéries,
Je les baigne aux senteurs des bois et des prairies,
Pour que, plus pénétrants à la fois et plus doux,
Quelques-uns, aujourd'hui, soient plus dignes de vous.

1846.

PARIS.

J'aimais les champs ; j'aimai le monde,
Et, pauvre enfant sans guide, un jour,
Pour Paris, océan qui gronde,
J'ai fui les champs, source d'amour,

L'illusion était si douce !
Je m'enivrais de tant d'espoir !
Mais le rayon d'or, sur la mousse,
Etincelle, n'a lui qu'un soir.

O mon Dieu ! que Paris est vide
De ce bonheur tant désiré !
C'est un désert brûlant, aride,
Par un doux mirage éclairé.

Loin, on croit voir, pure d'orage.
Luire une oasis, éden vert.
On approche : le doux mirage
Tombe et c'est toujours le désert.

1850.

LES DEUX TOMBEAUX.

J'errais au champ des morts. La lune solitaire
Sur deux tombeaux voisins répandait son mystère.
Quelqu'un qui m'apparut, homme ou spectre, priant :
— Là dort un roi, fit-il ; plus loin, un mendiant.

Dans mon âme j'avais replié ma pensée.
Vers la terre, à mes pieds, la paupière baissée :
Il est donc vrai, disais-je, après c'est comme avant,
Le pauvre est toujours pauvre et le grand toujours grand.
L'un, comme dans la vie où tout lui fut misère,
A pour lit, dans la mort, à peine un coin de terre ;
L'autre, qui fut puissant, qui se revêtait d'or,
Sous un marbre doré semble puissant encor ;
Aux cercueils d'alentour il commande, il impose,
Et c'est comme à ses pieds que la foule repose.
Si ce n'est en ce lieu par la mort habité,
Hélas ! où donc trouver, mon Dieu, l'égalité ?

Soudain, les deux tombeaux sous mes pieds s'entr'ouvrirent;
La même voix cria : Regarde ! Et mes yeux virent....
Rêveur, me fut-il dit alors, recueille-toi,
Et juge maintenant lequel des deux est roi.
Sache-le ; ce n'est pas sur la fosse où tout tombe
Que gît l'égalité ; c'est au fond de la tombe.

1848.

QUAND IL EST TRISTE.

Parfois, quand il est triste et que sa tête penche
Comme une herbe altérée ou bien comme une branche
De fruits mûrs trop chargée et qui touche le sol ;
Que ses yeux ne voient plus l'abeille, dans son vol,
Ni le papillon blanc, aux ailes déployées,
Ensemble ou tour à tour, boire aux coupes choyées ;
Que les champs, les prés verts, et les grands bois encor,
N'ont plus pour lui ni paix, ni senteurs, ni fleurs d'or ;
Que, devant le couchant qui rougit et s'enflamme,
Il s'assied pâle et froid, sans élans dans son âme,
Et sans que, par moments, luise au fond de ses yeux,
Illuminés soudain, comme un reflet des cieux ;
Elle, qui s'est donnée à lui, compagne sainte,
Et qui souffre des coups dont son âme est atteinte,
Sans paroles et triste aussi, dans sa bonté,
Elle vient doucement s'asseoir à son côté,
Le regarde rêver et, la poitrine pleine,
Sanglote et cherche en vain à comprimer sa peine ;
Car elle sait qu'au fond de ses rêves à lui,
Rêves où tout s'agite, il trouve, hélas ! ennui,
Déception, dégoût, maux du siècle où nous sommes,
Qui souvent, jusqu'au fond, rongent le cœur des hommes.

Puis, lorsqu'elle a tari ses larmes dans ses yeux,
Le voyant là toujours courbé, silencieux,

Comme pétrifié dans sa morne tristesse,
Elle essaie un sourire où perce sa tendresse
Et, l'attirant, lui montre, assis en son berceau,
Près de là, sous des fleurs, un enfant jeune et beau ;
Et, riant et jasant, bientôt le petit ange
Chasse et dissipe l'ombre en son cœur, où tout change.
Car l'enfant qui du ciel nous vient, dans la maison,
Répand autour de soi comme un divin rayon
Qui va, jusqu'aux replis, que l'on soit homme ou femme,
Comme un regard d'en haut faire le jour dans l'âme.

Alors elle lui dit, caressante : — « Rêveur,
Vous aviez donc encore abreuvé votre cœur,
Au lieu de flots de miel, d'un torrent d'amertume ?
Du lac vous ne voulez voir, au bord, que l'écume
Et dans le fond, la vase ; et pourtant, au milieu,
Si vous y regardiez quand vous oubliez Dieu,
Vous verriez se mirer, sans nuages, sans voiles,
Le ciel bleu que la nuit vient consteller d'étoiles,
Et les barques courir, l'aile tendue au vent,
Blanches et sur les flots laissant tomber leur chant,
Comme ces cygnes purs qui, lorsque l'heure arrive,
Disent, en s'envolant, leurs adieux à la rive.
Le monde, mine sombre et veuve de trésor,
A, je le sais aussi, plus de fange que d'or ;
Mais est-ce une raison, ô songeur ! qui doit faire
Qu'abattu, contristé, le cœur se désespère,
Et qu'on doute de tout, du jour, de l'avenir.
Des purs rayonnements que rien ne vient ternir,
Du berceau plein de joie et d'espoir, de la tombe
Où, pâle, à son déclin, le soir, le corps succombe,
Mais où l'âme, esprit pur, rayon venu de Dieu,
Pour remonter à lui prend des ailes de feu ?

Ne doit-on pas plutôt, à l'exemple du sage,
Pour combattre ces maux, se vêtir de courage,
Remplir son cœur de paix, de croyance, d'espoir,
Et, laissant les méchants entre eux, tourbillon noir,
Se déchirer en proie aux passions brûlantes,
S'abriter aux vallons inconnus des tourmentes,
Et, le regard tourné vers un monde meilleur,
Calme, se concentrer dans son intérieur?
Oui, c'est là, croyez-moi, rêveur à l'âme sombre,
Qu'on peut toujours trouver, comme un essaim sans nombre.
Comme des fleurs aux prés, nouvelles chaque jour,
Les consolations, les caresses, l'amour,
Les sourires, la paix, les mots qui charment l'âme
Et cette affection, doux trésor de la femme,
Qui, sans rien oublier, elle, des mots jurés,
Peut verser tout au moins, son baume aux ulcérés. »

C'est ainsi que, le bras posé sur son épaule,
Charmante, elle lui parle ; et lui qu'elle console,
Le cœur rasséréné, comme ivre de sa voix,
L'écoute et croit entendre à l'ombre, dans les bois,
Vibrer autour de lui la harpe d'un archange :
Et, la baisant au front, il lui dit : ô bon ange !

                                        1850

L'ABEILLE.

L'aube rayonne vermeille.
            Une abeille !
Où va la fille du jour ?
Elle caresse une rose
            Et s'y pose,
Et s'y pose avec amour.

Comme en un hamac qui tremble,
            Elle semble
Une fée au corset d'or,
Qui, chantant dans le silence,
            Se balance
En un gracieux essor.

Voyez comme avec délice
            Au calice
De la plus belle des fleurs,
De même qu'en un doux songe,
            Elle plonge
Sa tête aux brunes couleurs !

Oh ! sans doute en cette coupe
            Que découpe
En feuilles l'amour du ciel,

Plus parfumée et plus fraîche
　　Qu'une pêche,
Plus pleine d'un divin miel,

Elle puise, frémissante,
　　Haletante,
L'ivresse, flot embaumé,
Comme l'homme quand sa bouche,
　　Le soir, touche
Celle de son ange aimé ?

Le zéphire qui s'éveille
　　Voit l'abeille,
Et, tout baigné de senteur,
Il souffle et, sous son haleine,
　　D'amour pleine,
La berce dans son bonheur.

Avec le flot qui gazouille
　　Et qui mouille
L'oiseau qui vient s'y mirer,
De sa voix qui glisse douce
　　Sur la mousse
Il semble lui murmurer :

— « Le ciel sourit, l'air parfume,
　　L'herbe fume
Aux divins baisers du jour ;
Tout aime dans la prairie ;
　　O chérie !
Goûte en paix l'heure d'amour ! »

Blonde aimée, oui bois sans cesse,
Bois l'ivresse
Au fond de cette urne d'or
Le ciel peut devenir sombre
Avant l'ombre,
Bois, abeille, bois encor.

Hélas ! sur cette colline
Qui s'incline,
Où tout sourit comme toi,
Un jour de céleste fête,
La tempête
A souvent semé l'effroi.

Tout tremble devant l'orage
Son passage
De deuil couvre l'horizon,
Et ces coupes parfumées,
Tant aimées,
Jonchent au loin le gazon

Mais le ciel te favorise.
A la brise
Le bouvreuil mêle sa voix
Et la fauvette joyeuse,
Sous l'yeuse,
Jette ses chants dans le bois

Ah ! la joie est fugitive !
Sur la rive
C'est le flot qui court sans bruit ;

C'est l'ombre que, de son aile,
    L'hirondelle
Trace en bas et qui la suit.

Toi, du moins, abeille chère,
    Passagère
Comme nous dans ce séjour ;
Abeille pour qui ces roses
    Sont écloses,
Fraîches urnes de l'amour ;

A la source d'ambroisie
    Où la vie
Boit le miel de son destin,
Puisses-tu, fidèle amante,
    Bourdonnante,
T'enivrer plus d'un matin.

                     1852.

L'ÉTOILE.

Au penchant du ciel, un soir,
Timide, errait une étoile.
Tremblotante mais sans voile,
L'eau la berçait, pur miroir.
Oh! qu'elle était blanche et belle
Dans le flot bleu qui ruisselle !
Son rayon, doux et serein,
Semblait un regard divin.
Bientôt, hélas ! sur la rive
Plus de lueur fugitive.
Venu des monts de granit,
Un nuage épais et sombre
L'avait éteinte en son ombre.
En passant, une voix dit :
L'éclat est chose éphémère ;
Fleurs du ciel, fleurs de la terre
Ainsi tout brille et finit.

1851

HEURES DE JOIE.

Je vais et quelquefois je la prends par la main,
Et nous nous élançons tous deux par le chemin,
Elle folle, moi fou ; car le front de ma fille,
S'il luit, fait qu'aussitôt le mien rayonne et brille.
Il semble que son cœur soit moitié dans mon sein,
Et que, de même qu'un double vase trop plein,
Quand chez elle il déborde en sa joie enfantine,
Il doive également le faire en ma poitrine.
Nous nous roulons dans l'herbe épaisse et dans les fleurs ;
Nous humons à longs traits les agrestes senteurs ;
Nous rions, nous chantons, nous emplissons de joie,
De cris retentissants le bois qui les renvoie.
Que de prés sont franchis ! que d'œillets et de lis,
Bouquets délicieux, en courant sont cueillis !
Elle, comme un oiseau qui va de branche en branche,
Elle vole et partout on voit sa robe blanche.
Chaque arbre la caresse et, sur son front joyeux,
Riche de cheveux blonds, ondoyants et soyeux,
Comme des diamants qui tomberaient en pluie,
Ruisselle la rosée en gouttes, qu'elle essuie.
Parfois, sans que son œil m'ait vu dans quelque coin,
Sous des fourrés épais je me cache avec soin.
Elle cherche ; soudain de l'ombre je m'élance
Et, plus bruyant, le rire aussitôt recommence.

Puis les beaux papillons, aux ailes de velours,
Brillants, sont poursuivis dans leurs mille détours,
Et les gais oiselets, venus de la vallée,
Qui gazouillent et qui, sous la claire feuillée,
L'attendant, familiers, paraissent, dans leurs jeux,
Avec elle s'ébattre ainsi qu'ils font entre eux.
Sa mère qui nous voit, penchée à sa fenêtre,
Courir ainsi partout du sycomore au hêtre
Jetant par le vallon nos éclats triomphants,
Sourit et, dans son cœur, dit : oh ! les deux enfants !

1847.

LES TRISTESSES DE MORVEN.

A SAINTE-BEUVE.

OSSIAN.

Ossian n'a-t-il pas entendu dans la nuit
Une voix gémissante, ou n'est-ce qu'un vain bruit ?
Souvent le souvenir des temps de ma jeunesse
Vient luire sur mon âme en proie à la tristesse.
J'entends le bruit lointain de la chasse, et mon bras,
En songe, lève encor la lance des combats.
O Malvina ! combien la lance meurtrière
A couché de guerriers sur la sombre bruyère !
Combien se sont éteints ! De tant d'amis, moi seul
Je reste lorsque tous dorment dans le linceul.
Au bord brumeux des lacs, où pour moi tout est sombre,
Je les cherche souvent, les bras tendus dans l'ombre ;
Je ne les trouve plus, et parfois, sous mes pieds,
Je foule leurs tombeaux, de moi-même oubliés.

MALVINA.

Les sœurs de Malvina, tant de chères compagnes !
Pauvres fleurs, sont aussi mortes sur les montagnes.
L'orage a dispersé leurs feuilles sans couleurs
Et depuis, à leur place, il ne croît plus de fleurs.
O fille de Morven ! Je vous pleure sans cesse ;
Pour vous mon cœur se noie aux flots de sa tristesse.

J'erre, cherchant partout la trace de vos pas.
Mais les monts sont déserts : je ne la trouve pas.
Astres éteints, la mort de son brouillard vous voile.
Et moi, je suis aussi comme la pâle étoile
Qui, la dernière, au jour, descend vers l'horizon :
Sous la brume bientôt s'obscurcit son rayon,
Le chasseur se levant, debout sur la bruyère,
Regarde et ne voit plus la tremblante lumière
Triste, n'attendant plus, sur les monts, son retour ;
Elle aussi, se dit-il, s'est éteinte à son tour.

OSSIAN.

Ainsi que le soleil, sous l'horizon qui gronde,
Ossian est plongé dans une nuit profonde ;
Le soleil disparaît ; ses rayons écartés
Ne baignent plus les monts de leurs blanches clartés,
Et les ruisseaux, chargés d'un voile de ténèbres,
Dans les mornes vallons jettent des bruits funèbres.
Oui, comme le ciel bleu sous les vapeurs des cieux,
La splendeur de Morven s'est éteinte à mes yeux.

MALVINA.

Les pleurs de Malvina ruissellent sur la terre.
Ainsi, sous le brouillard, la lune solitaire
Se retire parfois, triste et pâle, et ses pleurs
Inondent les coteaux témoins de ses douleurs.

OSSIAN.

Demeures des héros, qu'êtes-vous devenues ?
Vos fronts qui s'élevaient jusqu'au milieu des nues
Et que l'aube dorait aux siècles écoulés,
Comme des rocs tremblants se sont donc écroulés ?

O Tura ! Je crois voir encor, sur tes décombres,
Se tordre l'incendie ardent, aux reflets sombres.
C'était la nuit : la brume enveloppait les cieux.
Nous dormions sur l'Ardven d'un sommeil soucieux.
Nous entendions passer, sur leurs vapeurs légères,
Avec des bruits plaintifs, les ombres de nos pères,
Et leur voix ressemblait, grave et triste à la fois,
Aux longs gémissements des vents au fond des bois.
Fingal se lève ; il voit, à l'horizon qui fume,
De sanglantes clartés rougir au loin la brume.
Soudain sa voix éclate, et, se tournant vers nous,
Tura brûle, dit-il. Nous nous éveillons tous.
Nous courons, nous volons comme l'éclair rapide
Qui glisse, au flanc des monts, sur la bruyère humide.
Bientôt nous arrivons. Bientôt ! c'était trop tard.
Déjà les murs croulés gisaient de toute part.
Les flammes s'éteignaient et, repliant leurs ailes,
Semblaient, sous les brasiers, cacher leurs étincelles.
Pâle, le cœur brisé, disant des noms chéris,
Chacun de nous s'élance au milieu des débris.
Hélas ! pourquoi la porte, à demi consumée,
Comme la veille encore était-elle fermée ?
O fille de Morven ! vous tenant par la main,
Vous n'avez pu, la nuit, en trouver le chemin.
Tendres fleurs, le soleil, qui brillait sur vos têtes,
Ne luira plus pour vous dans la tombe où vous êtes.
Aucune voix aimée, à l'heure où fuit le jour,
Ne vous y redira les propos de l'amour.

Morven, non, tu n'es plus que poussière et ruines !
L'étranger solitaire en vain sur tes collines
Te cherche ; il croit te voir et ses yeux attristés
N'errent que sur des monts que la vie a quittés.

L'incendie et la guerre ont roulé leurs ravages.
Tourbillon dévorant, sur tes sombres rivages.
Tu n'entends plus vibrer, jusqu'aux feux du matin,
Dans tes palais, le choc des coupes du festin ;
Tes bardes ont cessé, sous leurs voûtes croulantes,
Le chant mélodieux des harpes frémissantes.
Seul, le soufle des vents, comme une ombre qui fuit,
A travers les chardons, y pleure dans la nuit.
Des débris, des tombeaux sous une cendre noire,
Voilà tout ce qui reste aujourd'hui de ta gloire.
Le séjour des héros au bras terrible et fort,
N'est plus que le séjour des faons et de la mort.
O vous qui gouverniez les sanglantes tempètes !
Guerriers, c'est sur ce lit que reposent vos tètes.
Aucun de vous, laissé par le sombre ouragan,
N'est resté pour fermer la tombe d'Ossian.
Nul ne viendra creuser, sous la pâle bruyère,
Pour mon dernier sommeil ma demeure dernière.
Fingal, Oscar, Ryno, vous n'ètes plus, et tous,
Hors moi, dans leurs tombeaux sont couchés comme vous.

MALVINA.

Les brouillards du Lano sont-ils votre demeure,
Evir-Allin, Colma, vous toutes que je pleure ?
Pâles rayons des nuits, je vous vois bien souvent
Dans les vapeurs des lacs passer avec le vent.
Hélas ! vous ressemblez au faible météore
Qu'un regard de la lune à l'occident colore :
Il brille ; sa lueur glisse sur le gazon ;
Mais bientôt il s'éteint derrière l'horizon.
Ainsi vous vous montrez parfois, douces lumières,
Dans le brouillard des pleurs qui voilent mes paupières.

Quand tariront ces pleurs, et quand donc, au retour,
Le jour me verra-t-il dans la tombe à mon tour?
O Morven! Malvina gémit sur tes collines;
Délaissée et plaintive, elle erre en tes ruines,
Et ses pas isolés troublent seuls le repos,
Le silence de mort qui dort sur tes tombeaux.

OSSIAN.

Essuie, ô Malvina! les pleurs de ta tristesse.
L'aspect de ta douleur déchire ma vieillesse.
De même que la nuit s'éloigne, le temps fuit.
Notre vie est semblable au songe de la nuit :
Un instant on croit voir, au-dessus de sa tête,
Terrible, se ruer l'esprit de la tempête.
Il gronde, tout frémit; le chêne est renversé;
Mais bientôt on s'éveille, et le songe a passé.
Ainsi, pour nous dont l'âme est brisée et plaintive,
Le moment du réveil va venir; il arrive.
Dans le souffle lointain des brises de Cona,
Quelle voix nous appelle et passe? O Malvina!
C'est la voix de Trenmor. Penché sur son nuage,
Son regard est pareil à l'éclair dans l'orage.
Fantôme tant aimé, ta voix plaît à mon cœur
Comme, dans le désert, la source au voyageur :
Il a marché longtemps, pâle, sur la colline,
Et la soif dévorante enflamme sa poitrine !
Oui, ma fille, bientôt là-haut nous réjoindrons
Les héros de Morven qu'ici-bas nous pleurons.
Nous les reverrons tous, et ceux que nous aimâmes
Nous aimeront encor dans le pays des âmes.
Alors notre bonheur ne sera plus pareil
Aux rayons du couchant quand s'éteint le soleil.

Nos amis, pour toujours loin des lieux où l'on pleure,
N'abandonneront pas leur céleste demeuré,
Semblables à ces feux dont la lumière fuit
Et qui, rayons perdus, s'éteignent dans la nuit.
Non : nous errons ensemble et les mêmes nuages
Nous berceront sans fin loin des sombres orages ;
Car les douces clartés qui luiront sur nos pas
Dans l'ombre de la mort ne s'obscurciront pas.

O fille de Toscar ! colombe solitaire,
Sèche les pleurs cuisants dont tu baignes la terre :
Ici-bas, les longs jours de deuil et de douleur
Sont passagers, ainsi que les jours de bonheur.

1851.

LE SERPENT.

Le serpent, réveillé sous son abri de roche,
Déroule ses anneaux au bruit du voyageur.
Il se glisse en silence et, cachant son approche,
Il essaie et son dard et son venin rongeur.

Son regard, sombre et plein d'une féroce joie,
Dans son ombre allumé, semble rouler du sang.
Sa tête se redresse ; il va saisir sa proie ;
Sa voix siffle ; il bondit : c'en est fait du passant.

Sur le talent qui naît, ainsi la noire envie,
Invisible d'abord, semble essayer son fiel.
Il grandit, et soudain, empoisonnant sa vie,
Elle étouffe la voix de l'homme aimé du ciel.

1849.

———

LE NAUFRAGE.

A M. HIPP. BIS.

Hélas ! combien les mers, au milieu des nuits noires,
M'ont appris, frémissant, de lugubres histoires !
Combien elles ont vu de pauvres matelots,
Sombrés sous l'ouragan, rouler avec les flots !
O vous dont l'âme noble aux grands récits s'enflamme !
Ecoutez : c'est pour vous que j'esquisse ce drame.
Il est sombre et terrible, et, la pâleur au front,
Les marins bien longtemps encore en parleront.

La nuit avait passé. L'aube dorait la plage.
Tout rayonnait. La barque, amarrée au rivage,
Pareille à l'alcyon réveillé par le jour,
Sous la brise semblait se balancer d'amour.
L'eau souriait au ciel et le ciel à la terre ;
Et sur le bord des flots, oubliant leur misère,
Les pêcheurs diligents, échappés du sommeil,
Traînant les longs filets, devançaient le soleil.
Doux baisers, mots d'adieu, voix joyeuse ou plaintive,
Se répétaient au loin comme un chant sur la rive.
Puis les barques partaient, l'aile tendue au vent.
Le flot emportait tout, le flot si décevant.

L'un des pêcheurs, enfant pâli par la souffrance,
Sentait surtout en soi renaître l'espérance.
— Je pars, s'écriait-il ; ô mon père ! ô ma sœur !
Adieu. Je reviendrai, mais avec le bonheur.
Hélas ! depuis longtemps, à la misère en proie,
Vous pleuriez. Aujourd'hui tous deux soyez en joie.
Voyez comme le ciel promet ! Limpide et pur,
Il brille sur la mer, belle de son azur.
Oh ! je le sens, pour nous ce jour sera prospère.
Adieu, ma sœur ; adieu. Soyez heureux, mon père ! —
Et son père, blanchi par les maux plus encor
Que par l'âge, et sa sœur, vierge aux longs cheveux d'or,
Douce comme un rayon de la côte embaumée,
Souriaient, pleins d'espoir, à sa voix bien-aimée ;
Et, le voyant partir, confiant, sur les flots,
Disaient : Protège-nous, ô Dieu des matelots !

La barque s'éloigna. Tous deux, l'âme attentive,
Appelant le retour, restèrent sur la rive.
Que de fois, plongeant l'œil aux horizons lointains,
Vers la blanche madone ils levèrent les mains !
Le soir allait descendre avec ses pâles ombres
Quand la nacelle enfin parut sur les flots sombres.
Mais la mer grossissait, et lorsque le soleil
S'y plongea s'échappant du nuage vermeil,
Soudain, elle sembla, terrible et sans entrave,
Bouillonner comme une onde au contact de la lave.
Le couchant revêtit comme un voile de deuil.
On distinguait encore, au loin près d'un écueil,
L'esquif, que chaque flot, enflammé comme un âtre
Roulait, sombre et sans mât, sur son sommet rougeâtre ;
Mais bientôt, tel qu'une algue, il disparut, détruit
Sur l'écueil blanchissant ou perdu dans la nuit.

Le vieillard frémissait pour son fils ; mais que faire ?
Faible, que pouvait-il ? Et personne ; ô misère ?
Parfois il appelait le ciel à son secours ;
Mais le ciel tourmenté s'assombrissait toujours,
Et, comme pour couvrir cette douleur plaintive,
Le tonnerre élevait son bruit sourd sur la rive.
La jeune fille aussi, l'effroi dans le regard,
Sanglotait, et ses cris déchiraient le vieillard.
— Mon frère ! disait-elle. Au secours ! Peine amère !
Il est perdu. Courage, Oh ! courage, mon frère ! —
Elle courait partout, en proie au désespoir.
Un rocher près de là se dressait haut et noir ;
Elle y vole, sa voix roule avec le tonnerre :
— Périr ! Oh ! non. Courage, oh ! courage, mon frère ! —

Elle crut le revoir sur la cime d'un flot.
Une voix vint mourir près d'elle : — Est-ce un sanglot ?
Est-ce un râle étouffé venant, de lame en lame,
Comme un cri du tombeau bouleverser mon âme ?
Serait-ce un mot d'espoir qu'au-dessus du grand bruit,
M'apporte de la mer la rafale qui fuit ?... —
Il semblait que sa vie, aux vagues suspendue,
Avec elles au loin roulait dans l'étendue.
Soudain, les yeux au ciel, immobile, à genoux :
— Mon Dieu, s'écria-t-elle, ayez pitié de nous !
O Jésus plein d'amour ! ô divine Marie !
Et vous, sainte Madone, ô patronne chérie !
Vous toujours doux et bon et vous tendres toujours,
Pitié ; veillez sur lui ; pitié ; gardez ses jours.
Eloignez de son front, que battent les tempêtes,
La mort sombre, la mort qui gronde sur nos têtes.
Non, vous ne voudrez pas, ô Vierge ! ô Dieu Sauveur !
Ici laisser mourir et le frère et la sœur ;

Oui, la sœur.... Oh ! qu'il vive et demain, pour offrandes,
Ma main, à vos autels, suspendra des guirlandes ;
Je joncherai de fleurs votre parvis sacré ;
Ma croix d'or, à vos pieds je la déposerai.
C'est un don de ma mère à son heure dernière:
Elle est à toi : Qu'il vive, ô Marie, ô ma mère ! —
Cependant, sous le vent, une lame en courroux
Bondissait. Elle approche et, frappant à grands coups
Le rocher qui frémit dans sa base et qui fume,
`Elle y jette, brisé, le pêcheur sous l'écume.

Un éclair déchira l'horizon. Sur le bord
La jeune fille voit son frère comme mort.
Hâve, jetant un cri perçant, plein d'épouvante,
Elle vole et sur lui va tomber haletante.
Quelle angoisse ! Elle étreint son corps entre ses bras,
Baise son front, ses yeux toujours fermés, hélas !
L'appelle mille fois, pleure, l'appelle encore,
Colle sa lèvre pâle à sa lèvre incolore,
Et semble, tant son corps presse ce corps aimé,
Livide, presque froid, sanglant, inanimé,
Vouloir prendre sa place et jusqu'en sa poitrine,
Raviver à ce prix l'étincelle divine.

Un instant il parut enfin ouvrir les yeux ;
Un mot vint sur sa lèvre. — Il vit, bonheur des cieux !
O mon frère ! tu vis, tu vis, s'écria-t-elle. —
Puis, joignant les deux mains : — Plus d'angoisse mortelle !
Plus de cuisant chagrin ! plus d'ardente douleur !
Il vit ; oh ! c'est assez ; merci, merci, Seigneur. —
Pauvre enfant que l'espoir même en ces lieux abuse,
Hélas ! elle croyait que la souffrance s'use

Et que du gouffre amer où le cœur est plongé,
On peut ainsi soudain remonter soulagé.

Elle avait, sur un lit de bruyère et de mousse,
Mis son frère à l'abri du flot qui se courrouce,
Et, le voyant dormir doucement dans ses bras,
De peur de l'éveiller, elle disait tout bas :
— O vents! apaisez-vous, mer, calme ta colère ;
Ici, sur son rocher, laissez dormir mon frère. —

Mais, loin de se calmer à sa voix, l'ouragan
Semblait souffler plus fort sur le sombre océan.
La mer montait. Les flots, pareils à des collines,
Roulaient, en s'écroulant, sur les bords en ruines.
Le tonnerre éclatait dans la nuit ; les éclairs,
Ardents, éblouissants, se croisaient dans les airs.
Et, sous leur feu sinistre, au milieu des orages,
Luttaient, s'entre-choquant, les flots et les nuages.
Quel fracas rugissait, hélas ! à chaque choc,
Quand les lames venaient se briser sur le roc !

Oui, l'orage était fort ; oui, l'océan terrible
Battait, battait le roc alors inaccessible ;
Mais l'espoir grandissait dans son cœur et la nuit
Bientôt n'eut plus, pour elle, épouvante ni bruit.
L'œil fixé sur son frère et soulevant sa tête,
Elle n'entendait plus se tordre la tempête.
— Oh! dors, lui disait-elle en le berçant ; demain
Tu t'éveilleras fort au retour du matin.
La tempête peut bien, sous ses coups, sur la grève,
Apre, courber le jonc ; après il se relève.
Tu feras comme lui, frère ; demain aussi
A la rive, au soleil, tu diras : me voici !

Oh ! oui, souvent encor, sur la côte boisée,
A l'aube, nous courrons tout trempés de rosée.
Tu reverras les blés, mon frère, et les roseaux
Et notre seuil joyeux où chantent les oiseaux.
Que nous serons heureux ! Loin la mer, vaste tombe
Qu'entr'ouvre l'ouragan, la nuit, pour qu'on y tombe.
Nous serons tout aux champs, aux prés, aux bois épais.
Les champs sont doux ; ils sont pleins de joie et de paix. —

Mais bientôt, s'élevant du roc, de cime en cime,
Ses cris désespérés roulèrent sur l'abîme :
— Mon Dieu ! Mort ! il est mort ! — Et les flots sur le bord.
Hurlant sous l'ouragan disaient : Mort, il est mort !
Le vieillard entendait, haletant sur la rive
Cette voix de la mer immensément plaintive.
Et son âme, navrée aux coups de son malheur,
Semblait à chaque cri, se briser de douleur.
Que de fois, s'élançant dans les flots à la nage,
Pour sauver ses enfants, il quitta le rivage !
Hélas ! ce fut en vain, et l'océan houleux
Le rejeta toujours à la rive, loin d'eux.
Epuisé, sanglotant comme un enfant qui pleure,
Il entendit ainsi passer l'heure après l'heure.
La mer montait toujours, et toujours de l'écueil,
S'élevaient des accents d'épouvante et de deuil.
Soudain un cri plus fort, sur le roc solitaire,
Retentit ; et la vague, aux pieds de leur vieux père,
Comme un monstre sanglant, écumant de fureur,
Horrible, vint broyer le frère avec la sœur.

*
* *

Le lendemain, à l'heure où la chaleur s'apaise,
Un vieillard descendait le flanc de la falaise.
Il était seul, marchait sans voir, en chancelant,
Le corps comme ployé sur un bâton tremblant.
Ses traits étaient crispés. Un ouragan de flamme
Semblait avoir passé depuis peu sur son âme.
L'œil morne, haletant, au seuil de deux tombeaux,
Il s'arrêta. La nuit descendit sur les eaux.
Longtemps il resta là, penché comme un fantôme.
Ses larmes qui pleuvaient, seules trahissaient l'homme.
Lorsque sur le rivage, au milieu de la nuit,
L'heure lente passa comme une ombre qui fuit,
Il tressaillit ; sa voix s'étouffa dans sa bouche :
— Minuit ! C'était hier, fit-il. Voici leur couche !
O mes enfants ! dormez dans votre blanc linceul.
Vous êtes là tous deux ; ici, moi, je suis seul.
Vos voix ne viendront plus, à l'aube ou dans ma veille,
Ainsi qu'un chant du ciel, réjouir mon oreille.
Je ne vous verrai plus, joyeux, entre mes bras.
Ah ! qui donc désormais va soutenir mes pas ?
En vain j'appellerai vos mains, moi qui succombe,
Nul ne me répondra que la voix de la tombe.
O mon fils ! ô ma fille ! espoir hier si doux,
Vous n'êtes plus ; et moi que ferai-je sans vous ?
Si je pouvais mourir ! Quand mon heure dernière
Sonnera, quelle main fermera ma paupière ?
Ah ! Je vous attendais ; vous me l'aviez promis,
Et vous ne viendrez pas : Dieu ne l'a pas permis :
Vous êtes là tous deux, et la terre vous couvre.
O mon Dieu ! que la tombe à leurs côtés s'entr'ouvre ;
Que j'y puisse descendre et que, mort en ce lieu,
J'y repose demain aussi. La paix, la paix, mon Dieu ! —

C'est ainsi qu'il pleurait dans son angoisse amère.
Son front parut un peu se soulever de terre ;
Mais comme foudroyé par un penser du cœur,
Bientôt il se courba plus lourd sous son malheur.
On ne l'entendait plus. Seulement son haleine
Parfois râlait encor, faible et de sanglots pleine.
On eût dit que la mort, espoir des malheureux,
Obéissante enfin, répondait à ses vœux.
Son regard s'éteignit ; sa lèvre contractée
Par la prière encor semblait être agitée,
Tout à coup il tomba s'affaissant, et sa voix
Murmura : mes enfants ! pour la dernière fois.

La lune, déchirant son voile de nuage,
Comme un flambeau de mort s'alluma sur la plage ;
Et l'oiseau de la nuit, sombre habitant des ifs,
Au-dessus du vieillard jeta des cris plaintifs.

1846.

QUATRIÈME PARTIE

———

LES ÉTINCELLES

———

1853-1894

HOMMAGE.

A MADAME ***.

Quand la jeunesse en fleur m'animait de sa sève
J'ai chanté comme en mai chante l'oiseau des bois.
Mais, pareil au flot calme endormi sur la grève,
Mon cœur, comme assoupi, n'a plus transports ni voix.

La vie, aride et dure ainsi qu'un sol inculte,
Trop souvent n'a pour nous que des austérités.
Des muses d'autrefois je ne sais plus le culte ;
Je ne sais plus le nom des douces déités.

Cependant, au foyer refroidi de mon âme
S'est parfois rallumé le feu des saints trépieds.
L'étincelle s'éteint échappée à la flamme.
Celles-ci, pâle gerbe, ah ! laissez-les, madame,
       Tomber et s'éteindre à vos pieds.

LIVRE PREMIER.

ÇA ET LA.

A MLLE GABRIELLE A.

A l'occasion du 1er Janvier.

Le voici, le jour des étrennes !
Comme à vous, enfant, il m'est doux.
Vous riez à voir vos mains pleines
De jouets, portés avec peines ;
Je me recueille et pense à vous.

Gabriel est le nom d'un ange ;
C'est le vôtre et vous êtes deux.
Vous venez du ciel, rien d'étrange ;
Ensemble vous faites échange
D'amour, de rayons et de vœux.

On le dit blond ; vous êtes blonde ;
Vous avez son regard d'azur ;
Et si, lis que le jour inonde,
Vous miriez votre front dans l'onde,
Il croirait y voir son front pur.

Comme vous aime votre mère,
Chacun vous aime, ô son trésor !
Vous êtes la fleur qu'on préfère,
Lè parfum à l'essence chère,
Qu'on aspire enfermé dans l'or.

Votre doux parler d'hirondelle
Est comme un chant mélodieux.
Toute grâce en vous se révèle,
Et vous nous dérobez votre aile
Pour ne point éblouir nos yeux.

Que ne pouvez-vous, la première,
Rester toujours ce chérubin,
Épancher sur notre paupière,
Sans fin, cette blanche lumière,
Etoile pure du matin !

Parmi nous, faut-il vous le dire ?
Combien de choses n'ont qu'un jour.
Un âge vient que l'ombre attire.
Souvent on n'a plus de sourire,
Hors ceux de votre jeune amour.

Oh ! souriez, chère ange aimée,
Beaucoup pour vous, pour nous un peu.
D'autres biens vous serez charmée ;
Mais l'heure la plus parfumée
Aura fui de votre ciel bleu.

Fêtez-la, cette heure, au passage :
On ne la goûte qu'une fois.
L'enfance n'a point de nuage ;
C'est l'aube sereine qui nage
Dans les fraîches senteurs des bois.

Ici, nul bonheur ne s'achève,
Ainsi le veut l'ordre d'en haut.
Avant que votre jour se lève,
Faites, faites votre beau rêve :
On s'éveille toujours trop tôt.

Elle est dure, la destinée
Qui dans toute urne met des pleurs.
Ah ! puisse au moins, pour chaque année,
Une part vous être donnée,
Toujours la moins lourde en douleurs.

Puisse l'ami dont l'aile couvre
Vos jours saintement abrités,
Toujours, loin du mal qu'il découvre,
Vous guider de sa main qui s'ouvre,
Pleine de célestes clartés.

Et s'il était sur cette terre
Un lieu de délice infini,
Que sa source vous désaltère,
Ame faite pour ce mystère,
Cœur par Dieu lui-même béni.

1858.

AUVERGNE.

Il marchait gravement devant ses deux grands bœufs.
Attelés côte à côte au même char bourbeux,
Ceux-ci suivaient de même, et leur allure forte
N'indiquait rien du poids qu'ils traînaient de la sorte.
L'habitant des hauts lieux, descendu de Laschamp,
Conduisait à Clermont les genêts de son champ.
Il avait revêtu la bure du dimanche :
La veste aux pans étroits, arrêtée à la hanche,
Grise, et le pantalon au même point cossu,
Ample et droit, et toujours fait du même tissu.
Un feutre à larges bords, dont il avait coutume,
Avec des sabots neufs, complétait son costume.
Il allait donc, réglant de son pas mesuré
Le pas des ruminants assez prompt à son gré,
Et l'érable profond, où son pied nu se plonge,
Résonnait sur le sol comme un bruit qu'on prolonge.
Parfois, sans s'arrêter, se tournant à demi,
Il jetait un regard sur l'attelage ami.
Les bœufs obliquaient-ils ? sur le joug abaissée,
Sa gaule redressait la courbe commencée.
C'était un grand vieillard, simple, il est vrai, d'aspect,
Mais digne au fond et comme imposant le respect.
Ses longs cheveux, épars selon l'antique usage,
Lui mettaient même un air de noblesse au visage.

En le voyant venir je m'étais arrêté.
Tout change ailleurs, pensais-je ; ici tout est resté.
Les siècles ont passé pleins de métamorphoses ;
L'Arverne a tout gardé, ses hommes et ses choses.
Ces montagnards que rien ne trouble, solennels
Comme leurs puys neigeux aux sommets éternels,
Fiers dans leur pauvreté, semblables à des sages,
Sont moins ceux d'à présent que ceux des autres âges ;
Ils n'ont rien délaissé des mœurs des anciens jours,
Et ce qu'ils sont, on sent qu'ils le seront toujours.
Par degrés mon esprit s'emplit d'autres idées :
Quel courant peut donner aux rives fécondées
Cette sève puissante et cette impulsion,
Principe du grand mot : civilisation ;
Et pourquoi d'autres lieux, qui semblent d'autres mondes,
Sont-ils déshérités du fruit des riches ondes ?
Des peuples seraient donc, vivant comme ils sont nés,
A l'immobilité comme prédestinés ?
Et je cherchais alors qui, du ciel ou des hommes,
Problème irrésolu, nous fait ce que nous sommes.
Nos longs réseaux de fer, actifs propagateurs,
Se couvraient à mes yeux de wagons et d'ardeurs ;
Sur nos larges canaux, ainsi que sur des fleuves,
Les navires passaient montrant leurs coques neuves ;
Mais par delà, coupant les brumeux horizons,
Se dressaient, hauts et nus, les noirs rochers des monts,
Et le progrès, lutteur toujours dans la carrière,
Venait frapper en vain à la sombre barrière.
Sur la digue debout, impassible témoin,
Dieu disait comme au flot : tu n'iras pas plus loin !
Après tout, concluai-je, au milieu de ces laves,
Sur ce vieux sol éteint, peuplé de choses graves,

Sent-on, las de la paix des simples actions,
Le moderne besoin des rénovations?
Qu'importe si le temps, qui fauche ce qu'il sème,
Use, impuissant ici, ses ailes sur lui-même.
Il n'y peut rien créer; mais il n'y détruit rien;
Et qui sait où se trouve, en somme, le vrai bien?

Je remuais ainsi, dans ma tête pressées,
Flux toujours grossissant mes rapides pensées,
Sondant comme de l'œil, excité par l'émoi,
Le fond des questions qui s'agitaient en moi.
Le vieillard cependant s'éloignait par les pentes.
Contournant les ravins en ses courbes prudentes,
Il poursuivait sa route, et mon regard penché
Au rustique convoi demeurait attaché.
Trop tôt il disparut : mais j'entendais encore,
Répercuté d'en bas, le pas lent et sonore
Qui, le même toujours, guidait, par lui réglés,
Les bœufs, au même joug, côte à côte attelés.

1860.

CHANTS D'OISEAUX.

Petits oiseaux dorés qui volez par la plaine,
Oh! que j'aime les chants dont votre gorge est pleine !
Balancés sur le bord de vos nids adorés,
Vous versez comme à flots des torrents d'harmonie,
Et l'âme se suspend à votre voix bénie,
       Petits oiseaux dorés.

Quand vos hymnes émus, que la brise recueille,
Se répandent à l'aube ainsi de chaque feuille,
Soupirs montés du cœur, purs concerts éthérés,
Qui donc, à vos accords, écoutés du ciel même,
Donne ces doux élans, cette extase suprême,
       Petits oiseaux dorés?

Mai comble les vallons de rayons et de rose :
Un feu mystérieux pénètre toute chose,
Les ruisseaux, les gazons, les bois d'ombre parés.
Si c'est l'amour qui vibre en vos trilles divines,
Ah! conservez longtemps l'amour en vos poitrines,
       Petits oiseaux dorés!

1854.

KETTY.

— SOUVENIR DES VENDANGES —

Vraiment elle était charmante !
Le lierre aux flexibles nœuds,
Sur son front couronne errante,
Mêlait son vert qui serpente
Au flot noir de ses cheveux.

Ce jour-là c'était vendange ;
Et, fêtant le fruit nouveau,
Elle avait, piquant échange,
Laissé le rameau de l'ange
Pour le thyrse, autre rameau.

Evohé ! s'écriait-elle ;
Et tous de reprendre en chœur ;
Si bien que l'écho fidèle
Portait au loin sur son aile
Evohé ! le cri vainqueur.

Elle était comme la reine
Des pampres aux grappes d'or ;
Et chaque corbeille pleine
Aux pieds de la souveraine
Epanchait son blond trésor.

Tour à tour folâtre et digne,
Naïve en sa majesté,
Au cellier comme à la vigne,
Elle semait, charme insigne,
Le courage et la gaîté.

Parfois, l'éclair à la joue,
Rapide, elle s'élançait,
Et la ronde qui se noue,
Chaîne de fleurs qu'on secoue,
A ses côtés bondissait.

Loin alors thyrse et corbeilles !
Au son dansant du hautbois,
Les mains se pressaient vermeilles,
Et, cadencés sous les treilles,
Les pas s'unissaient aux voix.

— Sémélé, chantait la troupe,
Honneur à ton fils divin !
Par lui la vigne se groupe,
Et l'on puise dans la coupe
Le bonheur avec le vin. —

Oh ! l'enfant rieuse et folle
Et les vendangeurs joyeux !
De leur cœur, d'où tout s'envole,
Rien qui ne fut la parole,
L'éclat bruyant des aïeux,

Tout le jour dura l'ivresse,
Calmée à peine le soir.
Jeux antiques de la Grèce,
Une nouvelle déesse
Vous conduisait au pressoir.

Non, penchant l'urne où ruisselle
L'ambroisie à flots dorés,
Hébé, la jeune immortelle,
Jamais ne parut plus belle
Aux yeux des hôtes sacrés.

En elle tout était grâce
Et secret enchantement.
Il semblait que, dans l'espace,
Elle laissât sur sa trace
Un vague rayonnement.

La voir était un délice.
Heureux, pensais-je au retour,
Qui boira, Junon propice,
Au mystérieux calice,
Le vin pur de son amour !

1857.

A MAURICE G. DE V.

APRÈS UNE DISTRIBUTION DE PRIX.

Une pleine moisson, telle que Dieu les donne
Vous a fait entre tous riche de vos efforts.
Votre front a gagné sa première couronne
Aux luttes du savoir qui font les hommes forts.

Honneur à vous, enfant ! Aujourd'hui se révèle
Ce que, le ciel aidant, vous deviendrez plus tard,
Vous êtes le grain pur dont le germe recèle
Les trésors que l'été mûrit sous son regard.

Oh ! cultivez en vous toutes ces nobles plantes,
Lettres, sciences, arts, nourriture des cœurs.
Habituez vos yeux aux lueurs éclatantes,
Votre esprit aux pensers dominants et vainqueurs.

La poésie ailée, oiseau bleu de nos rêves,
Dans vos rameaux bénis va venir se poser.
Saluez-la ; c'est l'ange aux heures toujours brèves ;
Préparez votre front à son divin baiser.

N'abaissez point votre âme aux réalités grêles ;
Laissez fuir votre essor vers le midi vermeil ;
Comme le jeune aiglon, ouvrez, ouvrez vos ailes :
Loin des fanges d'en bas vous aurez le soleil.

1858.

CHOSES D'ANTAN.

O jours passés ! printemps, trop fugitive aurore,
Heure qu'un vif rayon illumine et colore,
Vous êtes loin déjà ; mais rien ne vient ternir,
Rien n'obscurcit en moi votre doux souvenir.

Nous étions tous deux seuls dans le jardin. Les roses
Ne s'ouvraient pas encor parmi les autres choses ;
Mais déjà le lilas, qui fleurit le premier,
Abandonnait sa grappe au souffle printanier.
Elle que je suivais du regard, vive et belle,
Versait l'eau de la source à la plante nouvelle,
Et les blancs papillons, essaim doux et léger,
Venaient, à ses côtés, s'ébattre et voltiger.
Je lui dis m'approchant : — Oui, le réveil arrive.
Les fleurs le savent bien, et la troupe hâtive
De ces fils du soleil, au radieux essor,
Le répète plongée au fond des coupes d'or.
En soi qui ne sent pas sourdre et monter la sève ? —
Comme une vision dans les blancheurs d'un rêve,
Un rayon avait lui dans l'éclat de ses yeux.
— Mai, c'est le mois divin, repris-je ; en tous les lieux
Les oiseaux vont disant, de leurs voix retrouvées,
Et l'amour qui renaît et l'espoir des couvées.
Comme eux, j'ai le cœur plein de notes et de chants.
Seront-ils entendus mes doux accords touchants ? —

Elle arrosait toujours, fleur penchée elle-même,
Ces calices flottants qu'en avril on ressème ;
Mais parfois sur sa lèvre, entr'ouverte à demi,
Un sourire passait qui semblait dire : ami.
Pour en verser le flot sur les ardeurs diurnes,
J'allai puiser comme elle à la fraîcheur des urnes.
Mes pas suivaient ses pas et, le long du jasmin,
Furtive et la cherchant, ma main pressa sa main.
Qu'arriva-t-il ? La branche, avec une caresse,
Détacha de son front une ondoyante tresse,
Et la brise amoureuse, aux élans enjoués,
Vint baiser sur son cou les cheveux dénoués.
— O brise ! m'écriai-je, heureuse, heureuse brise,
Pour toi ce brun trésor que la lumière irise,
En flocons déroulés étale ses splendeurs,
Et tu peux, toi, puiser à ce flot de senteurs. —
Je ne sais si le vent, d'une plus forte haleine,
Souleva jusqu'à moi l'annelure d'ébène,
Ou si c'est moi plutôt qui, m'inclinant, cherchai
Le pur ruissellement par son aile touché ;
Mais je sentis alors, délices que j'avoue,
Glisser, en s'y posant, les boucles sur ma joue,
Et ma lèvre, en sa soif, sans pourtant l'apaiser,
A ces ondes d'amour but aussi son baiser.
La brise, l'imprévu, moi-même, la charmille
Tout avait à la fois surpris la jeune fille.
Un trouble rougissant, plein de charme et d'attraits,
Subitement accru, se peignit sur ses traits
Honteuse, en s'enfuyant : — Oh ! le jaloux, fit-elle.
Et déjà, loin de moi, sous un abri fidèle,
Sa main blanche entrevue, avec un geste prompt,
Habile replaçait la natte sur son front.

1859.

BERGUES

Parfois je me confie à la ligne du Nord.
Hier j'allais vers Dunkerque. Or, la locomotive,
Marchant, comme toujours, plus lente que hâtive,
Me laissa devant Bergue où mourut son effort.

Dunkerque a les grands mâts qui hérissent son port,
Lille, les flots épars de sa fumée active ;
Cassel a sa splendide et vaste perspective ;
Bergue a ses berguenards, et qui lui donne tort ?

D'aucuns, vont te prêtant, disposés au gros rire,
Des mots épais, moins lourds souvent que leur satire,
Que t'importe, ô cité ! mère des troupeaux gras !

Nulle part plus de paix sous des dehors de guerre.
Puis l'honnête beffroi, guetteur quatre fois père,
Qui porte, emmaillotés, ses enfants dans ses bras !

1853.

LE FOU DE MARDYCK.

— Oh ! disait-il dans sa démence,
Toi qui me fuis, écoute-moi.
Il te plaît l'océan immense,
Vêtu de pourpre ainsi qu'un roi.

Je sais une autre mer profonde
Belle des derniers feux du jour.
En mon cœur comme au sein de l'onde
A germé la perle d'amour.

Chaque soir, au pied de la dune,
Tu viens rêver le long des flots.
Deux mers sont là ; n'en vois-tu qu'une,
Blonde idole des matelots ?

En moi, comme de blanches voiles,
Voguent les pensers radieux
La nuit s'y constelle d'étoiles ;
Mais les plus belles sont tes yeux.

Tous te disent la souveraine
Des vastes plaines de l'azur.
De mon cœur sois aussi la reine :
Il est aussi vaste et plus sûr.

Parfois l'orageuse tempête
Souffle aux vagues son noir courroux.
Une éternelle et même fête
M'enchanterait à tes genoux.

Oh ! douce et puissante est la flamme
Qui brûle en mon sein plein d'émoi !
Avec mon cœur, oui, prends mon âme :
Mon âme et mon cœur sont à toi. —

Il allait toujours solitaire
Sur la plage où sa voix glissait.
C'était à l'heure du mystère.
A qui parlait-il ? On ne sait.

Un soir, dans la brume indécise,
Une barque quitta le bord.
Une ombre au fond était assise....
Avec son rêve il vogue encor.

1855.

A CARPEAUX.

APRÈS UGOLIN.

C'est bien là l'épisode au sombre caractère.
Devant nous s'est ouvert le cachot ténébreux.
Des enfants sont mourants, d'autres morts, et le père,
Crispé, désespéré, se tord au milieu d'eux.

Depuis longtemps déjà, terrifiant mystère,
La faim, l'horrible faim habite l'antre affreux ;
Et toujours le supplice, et dur tombeau, la terre
Doit faire attendre encor sa paix aux malheureux.

Oui, votre œuvre, ô sculpteur ! est saisissante et forte.
Vers les plus hauts sommets un seul effort vous porte.
Dans la pleine clarté s'ouvre votre chemin.

Deux voix vous ont parlé comme en un rêve étrange.
Fils, né d'hier, du Dante et du vieux Michel-Ange,
Allez, marchez : comme eux vous serez grand demain.

1862.

LE RÊVE D'UNE ENFANT.

A L'OCCASION DU MARIAGE DE SA TANTE.

— FRAGMENT. —

Le rêve que j'ai fait, il faut que je le dise.
Près du kiosque, au jardin, hier j'étais assise,
Distraite et l'œil au loin. Biche, à côté de moi,
Dormait, son long museau comme caché sous soi.
Un doux sommeil, léger comme l'ombre d'une aile,
Passa sur ma paupière et je dormis comme elle.
Le songe de Jacob, ô tante ! tu le sais :
Des anges radieux, en blonds groupes pressés,
Montaient et descendaient l'échelle rayonnante
Qui reliait la terre à la nue éclatante.
Eh ! bien, moi, j'eus aussi pareille vision.
De petits chérubins, comme ceux de Sion,
Troupe mélodieuse et que le ciel rappelle,
Montaient et descendaient la rayonnante échelle.
Laissant flotter en plis leur écharpe d'argent
Et repliant leur aile, opale et bleu changeant,
Chacun d'eux s'approchait et, s'inclinant ensuite,
M'adressaient de ces mots qu'on retient dans la suite.
L'un, avec un sourire à la fois doux et fin,
Disait, comme en un chant : Je serai ton cousin !
Un autre, encor plus beau, d'une voix qu'on devine,
En souriant aussi : je serai ta cousine !

Puis un troisième, puis.... Oh ! beaucoup sont venus.
Mais ils parlaient plus bas et je n'entendais plus.
Alors, en haut, debout, comme dans un nuage,
Je te vis, tante, fière et l'ivresse au visage.
Et, remonté bientôt, l'essaim qui grossissait,
Te disait : mère ! mère ! et tout disparaissait.
Or, je voudrais savoir, maintenant que je veille,
Ce que signifiait cette douce merveille.
Ces hôtes du ciel bleu, les reverrai-je, dis ;
Ou bien, tante, vont-ils rester au paradis ?

1857.

ROTHOMAGUS.

Depuis longtemps déjà j'ai dû dresser ma tente
Dans tes murs où plus d'un sont restés des intrus.
Ah ! rien en toi, vraiment, n'a trompé mon attente,
Cité plusieurs fois chère aux trafiquants ventrus.

Acheter, débiter, voilà tout ce qui tente.
Un comptoir, il n'est point de plus beaux attributs.
Pour être quelque chose il faut payer patente.
L'humble et docte savoir, allons donc ! aux rebuts.

Et c'est dans ce milieu, drôle de fantaisie,
Que Bouilhet est venu bercer sa poésie ;
Et Flaubert peut rester l'hôte d'un tel canton !

Ce qui frappe le plus, et c'est là la merveille,
C'est qu'ici de ta gloire, on se pare, ô Corneille !
Toi qui chantas le Cid et non pas le coton.

1866.

LA FAUVETTE DE BERNAY

A Melle BLANCHE L.

Blonde fauvette,
Si gentillette,
Gracieuse fée au luth d'or,
Enchanteresse,
Chante sans cesse,
Oh ! chante, chante, chante encor.

Plus que la voix du ruisseau sur la grève,
Ta douce voix pour tous a de l'attrait ;
Et quand ton chant dans le transport s'élève,
Autour de toi tout admire et se tait.

Au bleu printemps ta chanson rend hommage.
En rougissant, tu redis son ardeur,
Dans tes accords, dans ton divin ramage
On sent passer tout l'élan de ton cœur.

De branche en branche, au bois ton vol sautille,
Vif et léger, et près de toi tout luit.
A tes accents l'aube s'éveille et brille.
Un pur bonheur de toi nait et te suit.

De loin venue, ici tu t'es posée,
Mais pour un jour, hélas ! et c'est bien peu.
Les purs rayons de ta clarté rosée
En nous du moins auront laissé leur feu.

Pourquoi si tôt de nouveau tendre l'aile ?
N'est-il, chez nous, point de nids parfumés ?
Ah ! souviens-toi, fais comme l'hirondelle ;
Reviens aux lieux que ta voix a charmés.

Blonde fauvette,
Si gentillette
Gracieuse fée au luth d'or :
Enchanteresse,
Chante sans cesse ;
Oui, chante, chante, chante encor.

1868

UNE PLAGE.

Des chalets étagés sur la côte ; des toits
Egayés, dans le fond, de verdure et de voix ;
Des sentiers pleins de paix ; un bord où la falaise,
Fuyant et s'évasant, met le rivage à l'aise ;
Un ruisseau qui s'épand, libre dans ses détours,
Sur son lit de galets, déplacé tous les jours ;
Une mer qui sourit ; une heureuse vallée
Pleine de ses fraîcheurs et d'ombrages voilés ;
C'est là. Tout plaît au cœur, tout enchante les yeux,
Et pour qui la connaît rien ne peut être mieux.

Le flux ! voici le flux ! Au plaisir qu'il apporte
Il semble, en s'approchant, avoir ouvert la porte.
Le liquide élément, mollement balancé,
A reçu les baigneurs comme un essaim pressé.
Les uns aventureux, sans crainte de la lame,
Gagnent le large immense et font qn'on les acclame.
Les autres, plus prudents, s'arrêtent en chemin,
Au novice qui suit prêts à tendre la main.
Ceux-ci plongent ; ceux-là, dans leur douce paresse,
S'abandonnent, couchés, au flot qui les caresse.
Mais c'est près de la rive, où le danger n'est pas,
Que sont les plus joyeux et les plus chers ébats.
Que d'élans gracieux, et, brunes comme blondes,
Que de folles enfants se jouant dans les ondes !
O lumière du ciel qui dores ces beaux fronts !
En vis-tu de plus beaux ? Et vous, vous, flots profonds,

Avez-vous, les berçant ainsi que vous le faites,
Reflété quelquefois images plus parfaites ?
A vos chastes baisers, si chers à l'alcyon,
S'est-il jamais offert même apparition ?

La mer s'est retirée : autres jeux. Sur le sable
Une troupe apparaît, au rire intarissable.
Le filet sur l'épaule et l'osier au côté,
Pour la pêche, on le voit, chacun s'est apprêté.
Les pieds agitent l'eau, qui n'atteint pas la hanche ;
Le filet glisse au fond, et la crevette blanche,
Surprise et sautillant, pauvre petit lutin,
Dans le creux du panier va former le butin.
Mais qu'est-ce ailleurs ? Voyez ! là, c'est la cressonnière
Source aux limpides eaux, berceau de la rivière.
De grands ormes touffus ombragent le gazon.
Pour leurs hôtes du moins tout est joie et chanson.
Que d'autres voix aussi ! le long de la charmille,
Près des groupes assis des mères de famille,
La ronde aux nœuds charmants, mains que pressent les mains,
A ceux du peuple ailé mêle ses gais refrains.
Entendez-vous auprès ce tic-tac qui s'agite ?
C'est le moulin qui tourne et qui se précipite.
Sur le bord de l'étang, les ramiers, deux à deux,
Viennent mouiller leur aile, et, plus loin, de grands bœufs,
Soulevant lentement leur tête retenue,
Vous regardent passer d'un air de bienvenue.

Dieppe a bien des splendeurs ; Trouville est tout éclat ;
On peut aimer Yport et vanter Etretat ;
Fécamp a de quoi plaire, et, même voisinage,
Saint-Valéry, plus près, n'est pas sans avantage ;

Mais nul lieu, quel qu'il soit, le plus hospitalier,
O Veules ! n'eut jamais ton charme familier.
Le soir vient couronner la journée. Indécise,
La lune, à l'horizon, doucement s'est assise,
Et l'astre aux purs rayons, dans la mer reflété,
En clairs miroitements y sème sa clarté.
Sous son regard songeur, toute la colonie,
Près des flots, de nouveau, se trouve réunie.
C'est l'heure de la paix et des épanchements.
On écoute la vague et ses clapottements,
Et le cœur, excité par ce calme des choses,
S'ouvre, comme au matin, le calice des roses.
Le repos cependant est loin d'être complet.
Dans les jeux, à l'écart, un groupe se complaît ;
C'est celui, toujours gai, des blanches jeunes filles
Qui recommence là sa ronde ou ses quadrilles ;
Et la nuit qui survient, sans compter les moments,
S'enivre comme nous de ces enivrements.

1868.

PAVILLY.

On m'avait dit : cherchez la paix des dômes verts ;
Laissez loin les tracas de la ville anxieuse ;
Et de ce val aimé, dont l'ombre est oublieuse,
Pour quelque temps du moins, j'ai fait mon univers.

Au fond tourne et se meut la roue industrieuse ;
De rapides wagons vont courant au revers ;
Mais plus haut, balançant leur cime harmonieuse,
Sur les pentes, les bois étagent leurs concerts.

Ces panaches sortis des hautes cheminées,
Ils flottent, je le sais, comme nos destinées ;
Ces trains ardents, ils fuient comme nos jours perdus.

Qu'importe ! Ici mon cœur s'emplit d'autres images.
Ne me rendez-vous pas, abris pleins de ramages,
Et repos et santé, ces doux biens attendus.

1867.

ANNETTE.

Annette avait, j'imagine,
Quinze ans ; mes dix-huit passaient.
Déjà sa taille était fine ;
Ses grands yeux éblouissaient.

Aux hasards jeunesse oblige.
Un soir, le long du chemin :
— Jolie à ravir, lui dis-je ! —
Elle eut un flux de carmin.

Son charmant petit visage
Etait mieux encore ainsi.
— Il faut, repris-je, être sage ;
Mais aimer est bien aussi. —

Elle allait à la chapelle.
Elle ralentit le pas.
— Aimer ! Est-ce sûr, fit-elle ?
Et maman qui ne veut pas. —

Je sentais mon cœur s'éprendre,
Et me risquant à l'oser :
— Pourriez-vous vous en défendre,
Anne ? J'espère un baiser. —

Elle aurait semblé frivole :
— Un baiser ? Eh ! quoi ; vraiment ?
Après tout cela s'envole. —
Je l'eus, je ne sais comment.

Je la suivais comme en fête.
D'un accent moins assuré.
— Ainsi, reprit la fillette,
Je puis plaire, et c'est bien vrai ? —

Ai-je besoin de le dire,
Rien en moi qui ne fut oui.
J'augurais bien du sourire
Sur sa bouche épanoui.

— Aimer est le bien suprême,
M'écriai-je en la pressant ;
Aussi, Nanette, moi, j'aime.
— J'aime aussi ; mon cœur le sent. —

Un aveu, la douce chose !
Et j'avais bien entendu,
Ma lèvre à sa lèvre rose
Mille fois l'aurait rendu.

Je ne pouvais plus me taire ;
C'était un enchantement.
Mais, hélas ! au monastère
Nous touchions en ce moment.

Oh ! la rencontre charmante
Pense-t-on, et l'heureux jour !
Il ne faut pas que je mente,
Le guignon vint à son tour.

Au seuil, sa main retenue
De la mienne avait glissé.
— A propos, fit l'ingénue,
Je n'ai pas tout confessé.

Qui j'aime ? A tous je le cache.
Il est blond votre voisin.
Au moins gardez qu'on le sache !
Eh ! bien, oui, c'est mon cousin. —

Un autre ! Chute imprévue !
J'allais .... Mais quoi, sous la nef,
Déjà l'ingrate, à ma vue,
Disparaissait d'un pas bref.

Il se peut que l'on en rie ;
Mais ne rit-on pas de tout.
Je restai l'âme meurtrie,
Comme accablé sous le coup.

Longue ou non fut la prière,
Je ne sais rien de cela.
Heureusement, la rivière
Coulait loin, bien loin de là.

Qu'ajouter à l'aventure ?
Pourtant qui n'a pas changé ?
Nul ne saura, je le jure,
Si je fus dédommagé.

1860.

LIVRE DEUXIÈME.

IMPRESSIONS ALPESTRES

LA MONTAGNE.

A l'occident de Gap, allongé vers le nord,
Charence, aux flancs alpins, dresse son contrefort.

Longtemps avant le soir, sa crête ensoleillée
Projette loin son ombre au creux de la vallée.

J'ai voulu mesurer du pied le mont ardu,
Et vers le haut sommet mon effort a tendu.

Pénible est la montée ; à chaque pas l'obstacle ;
Mais, au but parvenu, tout à coup quel spectacle !

Devant soi, le bassin, avec la ville au fond,
S'ouvre en un contour large, onduleux et profond.

Vers l'Isère, Chaillol, massif où l'aigle niche ;
A l'opposé, Céuse et sa longue corniche.

Puis, c'est Orcière aux noirs pitons, et, sous les yeux,
Comme un cheval cabré, Bure, le pic crayeux.

Là, verdure et moisson, tout sourit, tout abonde;
Ailleurs, rien que le roc, et c'est un autre monde.

Raviné, décharné, de ce côté c'est toi,
Austère Devoluy, que frappe une âpre loi.

Et partout, pêle-mêle, ainsi que des fantômes,
Comme un fourmillement d'aiguilles et de dômes.

A l'imposant tableau, beau de tant de grandeur,
La neige immaculée ajoute sa splendeur.

Jusqu'aux espaces bleus, de gigantesques cimes
Constellent l'horizon de leurs blancheurs sublimes.

Au loin, on croirait voir, graves et solennels,
Du haut troupeau des monts les gardiens éternels.

Par degrés transporté devant la scène immense,
Et l'homme se croit grand, m'écriai-je ; démence !

Aux efforts ajoutant des efforts infinis,
Il peut bien, ver rongeur, perforer le Cenis.

Un seul tressaillement des colosses superbes,
Et qu'est-il devenu ? Moins qu'un brin de leurs herbes.

Des hauteurs, en songeant, redescendu plus tard,
Je n'en pouvais encor détacher mon regard.

1869.

LE VALGODEMARD.

Ton nom, ô val profond ! a l'attrait symbolique ;
Mais ton aspect est grand comme une chose épique.
Des masses de granit, formidables remparts,
Etreignent de leurs flancs ton sol de toutes parts,
Et l'on voit que partout, en tombant, l'avalanche
A broyé le rocher sous sa poussière blanche.
Des pins, sur les versants, maigres et rabougris,
Par places, à l'entrée, étagent leurs abris ;
Mais bientôt le roc nu se montre, et, plus austère,
Apparaît le vallon qu'on croirait solitaire.
Même dans les longs jours, lorsque le ciel est bleu,
Le soleil jusqu'en bas pénètre et descend peu.
Point de chants. Seul, le cri du vautour ou de l'aigle
Se mêle au bruit confus des eaux que rien ne règle.
Ici, c'est le torrent, des hauteurs descendu,
Qui, dans les noirs ravins, roule son flot perdu.
Là, ce sont, des grands monts s'élançant en arcades,
Pleines de leurs clameurs, les fougueuses cascades.
Quels rejaillissements ! Vers elles le matin,
Glissant obliquement son rayon incertain,
Comme un vaste foyer que la lumière embrase,
En larges flamboiements fait onduler leur base.

Avec ses hauts glaciers et son grave dessin,
Dans le fond, resplendit le grave Beauvoisin ;
Et l'imposant massif, qu'aucun effort ne mine,
Appelle le regard de loin et le domine.
Mais ce qui met au front le plus sublime élan,
C'est toi, fils du Pelvoux, vertigineux Olan
Qui, roi de la contrée et ceint du diadème,
Dresse ton cône aigu jusque dans l'azur même.

1870.

LE DRAC.

Le Drac a deux berceaux séparés, solitaires ;
Mais, filles des hauts lieux, les deux sources austères
Qu'un même et grave attrait dans leurs rocs embellit,
Bientôt, au pied des monts, coulent au même lit.
Or, le Drac avec lui promène l'abondance,
Et dans tout le Champsaur, aisément on le pense,
Comme un Dieu bienfaisant, de tendresse animé,
Le Drac, qui donne tant, est tendrement aimé.

Ce n'est pas que toujours la rivière féconde
Verse paisiblement le tribut de son onde.
Bien souvent elle s'enfle et, changée en torrent,
Grondeuse et menaçante, elle écume en courant.
Aux noirs pitons voisins, qu'assiègent les nuages,
Sombres, se sont alors accrochés les orages.
Parfois même emportée et folle de courroux,
Elle ravage et tord sa couche de cailloux.
Mais on sait bien qu'au fond, malgré tout, elle est bonne ;
Et, ses écarts passés, chacun les lui pardonne.

D'ordinaire, au matin, son flot de cristal pur
Lutte avec le ciel bleu de lumière et d'azur.
Midi trouble toujours la claire transparence.
Ce sont les hauts sommets, pleins de désespérance,

Jaloux du vert éclat des pentes d'alentour,
Bien certains que jamais leurs blancheurs à leur tour,
Ne verront le printemps, avec ses chaudes ailes,
Après les durs hivers monter jusque vers elles,
Qui, touchés du regard des longs soleils d'été,
Mêlent leurs pleurs ternis à sa limpidité.

Que de hameaux joyeux sur les rives charmées !
Que de seuils blancs ouverts aux brises parfumées !
Jusqu'aux saines fraîcheurs, ainsi que des toisons,
Pour mieux s'en pénétrer, s'inclinent des maisons.
Debout et s'étageant, d'autres, loin de la fête,
Pour voir au moins le bord semblent hausser leur faîte.
Les doux noms à citer, humbles toits ou châteaux,
Attrait des fonds ombreux, orgueil de leurs coteaux !
Mais, au Champsaur, nul lieu, quelque éclat qu'il étale,
N'égale Saint-Bonnet, sa fière capitale.
Il est certain qu'assis sur son mamelon vert,
Avec son grand clocher, le gros bourg a bon air.
Et puis, don plus marqué, faveurs plus singulières,
N'est-ce pas là surtout que naquit Lesdiguières.
Le Connétable-Duc dont, plus loin, le Glaisil
Des hauts pignons princiers a gardé le profil.

Quoi qu'il veuille et qu'il fasse, il faut pourtant le dire,
A tout, dans le Champsaur, le Drac ne peut suffire.
Le mois caniculaire, aussi chaud là qu'ailleurs,
Malgré le frais courant, n'a nuls midis meilleurs,
Quand sont venus ces jours d'ardeurs et de poussière,
C'est vers un autre Dieu que monte la prière,
Et vainement non plus on ne l'invoque pas.
Aux pics aigus où nul jamais ne mit ses pas,

Une grise vapeur apparaît condensée ;
De l'haleine des monts c'est l'épargne amassée.
D'abord ce n'est qu'un point, comme un flocon perdu,
Des profondeurs du ciel vaguement descendu.
Par degrés l'ombre gagne, et, bientôt plus épaisse,
La nue, en s'étendant, s'obscurcit et s'abaisse.
Tout à coup, élevant la voix, à pleins poumons,
Souffle le vieux Chaillol, ce géant des grands monts.
La bise ! c'est la bise ! Alors tout se ranime ;
Les sapins secoués vont agitant leur cime.
Partout on sent courir comme un tressaillement.
On respire à longs traits l'air devenu clément ;
Et ceux que suffoquaient la brûlante fournaise,
Rafraîchis cette fois, se retrouvent à l'aise.

Chose qui met au cœur surtout de vifs émois,
Aux deux sources du Drac vont boire les chamois.

Bien que je ne sois pas de la riche vallée,
Je ne l'aime pas moins. Sur le ciel dentelée,
Sa muraille de rocs, formidable rempart,
De calme et de grandeur l'enceint de toute part.
Combien on est loin là, dans cette paix profonde,
Des agitations et des troubles du monde !
Heureux ceux qui, lassés, au bout de leur chemin,
Peuvent, en pareil lieu, se reposer enfin !

1869.

_____

A EMBRUN.

Venu l'on ne sait d'où, toute la nuit, l'orage,
Comme un déchaînement, sur la ville a fait rage.

Brûlant avait été le jour ; mais, dès le soir,
Le ciel, qui se troublait, était devenu noir.

La foudre et la tempête, effroyables compagnes,
Jusqu'en leurs fondements secouaient les montagnes.

On entendait au loin les clameurs des torrents,
Lugubres, se mêler aux tonnerres errants.

Maintenant, le soleil reparaît. Scène étrange !
Alors que tout, en bas, n'est plus que boue et fange,

En haut, près de l'azur, éclatantes fraîcheurs,
Sur les crêtes, la neige a posé ses blancheurs.

1871.

DANS LA VALLOUISE.

A M^r B.

Les guides étaient prêts, les mules étaient prêtes.
Le Pelvoux devant nous dressait ses hautes crêtes.
Nous voulions, attirés par son auguste aspect,
De près, au fier monarque offrir notre respect.
Sur ses robustes flancs, qui bravent les orages,
Flottait comme un manteau de brume et de nuage ;
Mais son front éclatant, si plein de majesté,
Rayonnait, au-dessus, couronné de clarté :
Comme une chevelure, avec l'âge blanchie,
Les glaciers retombaient de sa cime infléchie
Et les monts d'alentour, vassaux ou serviteurs,
A ses pieds humblement prosternaient leurs hauteurs.
Au détour du chemin et se tenant dans l'ombre,
Se mouvait, près de nous, quelque chose de sombre.
Vers l'endroit aussitôt se tournèrent nos yeux.
C'était une façon d'être difforme et vieux.
Il s'avançait boîteux et se traînant à peine,
Gloussant, l'œil effaré, comme privé d'haleine,
Affaissé, hâve, blême et laissant, sur son cou,
Rouler sa grosse tête idiote ou de fou.
A le bien regarder, nous jugeâmes qu'en somme
L'être étrange et hideux n'était autre qu'un homme.
Mille graves pensers, prompts et de tous compris,
Surgissant à la fois, emplirent nos esprits.

Sur nos bêtes montés, vers les puissantes cimes,
Cheminant lentement, cependant nous partîmes ;
Mais nos regards émus, péniblement touchés,
Au chemin plus qu'aux monts demeuraient attachés.
Vainement, nous avons dépassé l'Alefroide
Où la bise, l'été, comme l'hiver est froide ;
En vain, escaladant les masses de granit,
Nous avons vu pointer le géant au zénith ;
Songeurs et sans élans, attristés et moroses,
Rien n'a pu détourner nos cœurs des mêmes choses.
Près de nous, comme une ombre et ne nous quittant pas,
Dans les ravins profonds, au-devant de nos pas,
Sur les grands rocs déserts, inclinés vers l'abîme,
Toujours nous croyons voir la créature infime.
Et maintenant encore, ô Pelvoux ! devant toi,
Devant ton imposant diadème de roi,
Comme une plaie au flanc de ta grandeur suprême,
Attirant la pensée autant, plus que toi même
Fixe, en mon souvenir où rien n'est incertain,
Comme à la Vallouise, apparaît ce crétin.

1871.

SUR LE COL DU MONT-GENÈVRE.

— Debout sur ces sommets, quel est ce fier granit ?
— Une borne, et c'est là que la France finit.

— Alors. — Oui, sol ingrat, contrĕe où l'on oublie,
Ces rapides versants, plus loin, c'est l'Italie.

— O route aux grands aspects ! en vain devant mes pas
Tu t'ouvres ; à Turin je ne te suivrai pas.

1871.

COUCHER DE SOLEIL

Peu de spectacles ont cette beauté sublime.
L'hiver avait au loin soufflé sur chaque cime,
Et, piquant aux sapins son givre étincelant,
Revêtu les grands monts de leur grand manteau blanc.
Comme pour consoler des rigueurs de la bise,
Alors que tout, ailleurs, a pris la robe grise,
Même en décembre ici, toujours limpide et pur,
Le ciel, d'un bleu profond, conserve son azur.
Cette fois cependant, oubliant sa coutume,
Le jour s'était voilé de pâleur et de brume,
Et, perdus dans la terre et fuyante clarté,
Les hauts sites semblaient pleurer leur majesté.
Le soir hâtif tombait. D'une teinte plus sombre
Des nuages errants en épaississaient l'ombre.
Au couchant tourmenté, plus ténébreux encor,
Se dessina soudain comme un vif sillon d'or.
Et, frappé du regard de la longue paupière,
L'horizon opposé s'empourpra de lumière.
Nulle trace autre part du rayon égaré;
Et, seul, dominant tout sur le point éclairé,
Dans cette obscurité plus lourde pour la vue,
Un pic s'illumina de l'effluve imprévue.
On eût dit qu'au delà des premiers contreforts,
Du fond de quelque gouffre, abîme aux noirs abords,

Un foyer invisible, une immense fournaise
Rougissaient le géant des ardeurs de leur braise.
Indécise d'abord, mais bientôt s'avivant,
La lueur éclata telle qu'un feu mouvant.
Le fier colosse, avec ses neiges embrasées,
Fut comme enveloppé de flammes irisées.
Dans leur ruissellement, ses gigantesques flancs
De même qu'une lave, avaient des jets brûlants.
Incandescente, en proie à l'étreinte inconnue,
La cime flamboyait jusqu'au fond de la nue.
Sous ses propres reflets surgissant à leur tour,
Se montrèrent alors les sommets d'alentour ;
Mais, dans l'éloignement, leurs grandes faces pâles.
N'apparurent qu'avec des nuances d'opales.
Il semblait que, sortis des limbes éternels,
Des fantômes de monts, songeurs et solennels,
Vaguement inclinés dans leur ombre sereine,
Pensifs, eussent voulu présider à la scène.
Fantastique tableau ! Merveilleuse grandeur !
Par degrés cependant s'altéra la splendeur.
Les spectres recueillis, affaissement suprême,
S'effaçant lentement, cachèrent leur front blême.
Le cône lumineux, dans sa masse enflammé,
Lui-même s'assombrit paraissant consumé.
La barre du couchant s'éteignit. Avec elle
Disparut, à la fin, la dernière étincelle ;
Mais jusque dans la nuit, resté phosphorescent,
Dans sa mate blancheur, on vit le roc puissant.

1869.

LE RABIOU.

Le rageur est son nom ; et ce nom qu'on lui donne,
Il le mérite bien, vraiment, plus que personne.

Paisible est le ravin, et, dans son lit profond,
Avec un gai babil qui réjouit le fond,
A peine un clair filet, qui filtre et qui s'épanche,
Ruisselle en se cachant sous son écume blanche.
Mais l'orage s'amasse ; il éclate et soudain
Un chaos effrayant a remplacé l'éden.
Des pentes, comme à flots, descend l'eau qui s'agite ;
De rochers en rochers le flux se précipite,
Et, grossi, bondissant, ainsi qu'un tourbillon,
Le déluge s'engouffre au creux du noir sillon.
L'affreux déchaînement dans l'horrible crevasse!
Un tonnerre y répond au tonnerre qui passe,
Et le lugubre bruit, par l'ouragan porté,
De sommet en sommet monte répercuté.
Bientôt c'est une hutte, humble et pauvre demeure,
Que le torrent emporte et que le pâtre pleure ;
Puis, ce sont des troupeaux, affolés et surpris,
Dans le cercle infernal enveloppés et pris,
Qui, sans pouvoir s'enfuir, pantelantes victimes,
Entrainés eux aussi, s'en vont vers les abimes.

Comme des brins chétifs arrachés et tordus,
Mélèzes et sapins s'enfoncent confondus.
Par intervalle un roc se détache et s'écroule,
Et, comme dominant le tumulte qui roule,
Dans les grondements sourds on entend les grands chocs
Des blocs précipités qui se heurtent aux blocs.

La désolation et l'effroi, qui la gagne,
Déjà depuis longtemps emplissent la montagne.
Enfin, le jour éteint par degrès reparaît;
Le fracas se tempère et le calme renaît.
La nuée a passé vidant sa mer de pluie;
Et les rochers lavés, qu'un pur rayon ressuie,
Ne jettent plus au flot, sous la chaude clarté,
Que leur dernier apport, lentement égoutté.
Mais, en bas, dans la combe où le torrent débouche,
Quel amoncellement vomi par cette bouche!
Tout est là dispersé, venu l'on ne sait d'où;
Et le sinistre amas maudit le rabiou.

1870.

·LA MULE.

La foire se tenait aux abords de la ville.
De mules, gai troupeau, toute une longue file.

Tresses rouges, rubans, ponpons provocateurs
S'agitaient au milieu d'un monde d'amateurs.

Une d'elles encor plus richement parée,
Semblait plus fière aussi de la foule attirée.

Eveillée et coquette, avec son fin jarret,
On jugeait qu'à l'effort elle résisterait.

Chez elle rien de lourd; rien non plus de revêche.
Elle était piémontaise et née à Bardonêche.

La brune italienne, au col resplendissant,
Patricienne des monts, avait vraiment du sang.

Que de désirs autour de la belle enviée !
A quelqu'un du Queyras elle échut, bien payée.

Pour le marché conclu l'acheteur semblait fait :
La bête le choyait et j'en fus satisfait.

Tout s'oublie, et, déjà bien loin de cette foire,
J'avais tout oublié, là mule et son histoire.

Comme je cheminais du côté du Viso,
Je l'ai revue hier, humant l'air du naseau.

Sémillante toujours, elle allait ; mais, en selle,
Brillaient deux grands yeux noirs, cette fois plus beaux
[qu'elle.

Je l'avoue, et cela sans détours et sans fard,
Seule à ma bienvenue elle n'a plus eu part.

Du Guil, auprès de là, couraient les ondes folles.
A la chanson des eaux s'unirent les paroles.

L'éblouissante enfant, et, rehaussant ce don,
Le vif et doux esprit et le pur abandon !

Ensemble d'Abriès nous gagnâmes Aiguille.
Ce fut tout. Mule heureuse, heureuse jeune fille !

1870

PAUVRE FEMME.

Un roc tombé l'avait atteinte et renversée ;
Et, pâle, elle gisait affreusement blessée,
Sur son maigre grabat, où peut-être bientôt
La mort allait descendre en réclamant son lot.
Un prêtre était venu. Plein d'une sainte flamme,
Il priait et lavait la plaie ; et le dictame,
A doubles flots versé, dans ses mains purs trésors,
Allait du moins sauver l'âme, sinon le corps.

Quoique affaissée et vieille, et se traînant à peine,
Elle avait, le matin, rivée à cette chaîne,
Ainsi que chaque jour, à cause du besoin,
Gagné le mont ardu, forcée au rude soin.
Outre l'herbe épuisée, unique nourricière,
La chèvre n'avait plus de genêts pour litière ;
Et son lait tarissait. Puis, ne fallait-il pas,
Pour préparer, le soir, le trop chétif repas,
Les quelques brins épars dont se chauffe le pâtre
Et les pommes de pin qui font flamboyer l'âtre ?
Souvent elle avait vu de bien près le danger :
Le torrent débordé, prêt à tout submerger ;
La tourmente terrible, et pire, l'avalanche,
D'en haut, comme un chaos, roulant sa masse blanche ;

Mais au coup, jusqu'ici, bien que toujours frappé,
A l'atteinte fatale elle avait échappé.
Cette fois, le malheur, que rien ne décourage,
Sombre artisan, avait accompli son ouvrage.
Détaché du sommet sous le pied de chamois
Affolés et fuyants, troupe aux soudains émois,
Bondissant dans sa chute, et toujours plus rapide,
Couvrant tout de débris sur sa route homicide,
Sans qu'elle pût, surprise et moins alerte, hélas !
Se garer, en fuyant, des multiples éclats,
Le bloc, aveugle et lourd, projectile farouche,
L'avait ainsi broyée et mise sur sa couche.
Certes, elle devait souffrir ; et cependant,
De sa lèvre entre ouverte au souffle haletant,
Ne sortait nulle plainte. Au prêtre qui, près d'elle,
Du Dieu crucifié, lui montrait le modèle,
Sans que rien altérât son grave et doux profil,
Elle ne répondait qu'un mot : Ainsi soit-il.

Pour quelques-uns ta main est dure, ô destinée !
Autrefois, jeune et belle, au seuil de l'hyménée,
Comme un pur rayon d'or, gage de l'avenir,
Elle avait, elle aussi, vu le bonheur venir.
Mais quelques ans passés, première et rude épreuve,
L'épouse désolée et plaintive était veuve :
La maladie avait déchiré le lien.
Deux enfants lui restaient, cher et précieux bien,
Deux fils. L'âge venu, plein d'amour pour leur mère,
Ils l'aideraient du moins, dans sa détresse amère.
Aux durs labeurs leurs bras se sentaient préparés.
Eux-mêmes, à leur tour, lui furent retirés.
Aventureux, l'aîné se plaisait aux audaces ;
Il aimait la montagne et ses pics et ses glaces,

Et dès qu'il le pouvait, oublieux du repos,
Au delà des déclins où paissent les troupeaux
On le voyait monter, se jouant des abîmes.
Pour lui, les lieux cherchés c'étaient les blanches cimes.
Un soir, des hauts glaciers il n'est pas descendu ;
Et depuis à leur mère aucun ne l'a rendu.
L'autre avait son penchant du côté de la mine.
Déjà, dans le rocher où le filon chemine,
Nul aussi bien que lui, parmi tous réputé,
Ne savait découvrir le métal exploité.
Pour ravir sa richesse au sol, puissante écorce,
Du salpêtre, on le sait, il faut la brusque force.
Qu'arriva-t-il ? Un jour, sans qu'on ait su comment,
Subite, inattendue, horrible ébranlement,
Tonna l'explosion. Ce fut un glas qui sonne ;
Dès lors la pauvre mère ici n'eut plus personne.

Comment sans succomber, ployant sur ses genoux,
Pût-elle supporter d'aussi douloureux coups ?
Brisée avant le temps, elle portait sa peine
Le long de son chemin, comme une lourde chaîne,
Laissant saigner son cœur et se noyer ses yeux.
Souvent elle tournait son regard vers les cieux ;
Et seulement alors, ouverte à la lumière,
Sous un souffle d'en haut, se séchait sa paupière.
C'est qu'elle entrevoyait, au profond de l'azur,
Dans l'éternelle paix du port désormais sûr,
Les bras qui l'appelaient, et qu'aux chères caresses
Elle savait qu'un jour s'uniraient ses tendresses.
L'heure était-elle proche et le moment venu ?
La pâleur s'étendait sur son front soutenu ;
Ses mains jointes pressaient plus fort sur sa poitrine
Celui de qui nous vient l'espérance divine.

Ses lèvres murmuraient toujours les noms aimés,
Mais plus bas, et ses yeux, mornes, inanimés,
Semblaient s'éteindre, ainsi qu'un rayon qui s'efface.
L'ombre du dernier jour s'amassait sur sa face.
Par moments cependant, reflet monté du cœur,
On voyait s'y mêler un reste de lueur.
Tout à coup un soupir s'échappa de sa bouche.
Et, prosternés autour de l'humble et triste couche,
Les assistants, à qui le ciel se dévoila,
Dirent : Elle est à vous, mon Dieu ; recevez-la !

1870.

BRIANÇON.

Petite ville, grand renom.
(Inscription gravée sur son unique porte).

Fière sur son rocher, superbe d'assurance,
La voilà la cité dont on redit le nom.
Elle est reine de force et reine de vaillance ;
C'est la vierge indomptée, au pur et grand renom.

De granit sont ses pieds que baise la Durance ;
L'acier gante la main qui brandit son pennon ;
Son souffle est comme un feu qui pour toi brûle, ô France !
Sa voix, qui tonne au loin, est la voix du canon.

Ah ! s'il l'avait fallu, dans l'horrible tempête,
Elle aussi, prête à tout, bien haut levant la tête,
Rivale de Belfort, comme elle eût dit : C'est moi !

Qui sait ? Peut-être un jour — une telle pensée ! —
Dans l'ombre sera-t-elle à son tour menacée.
Sentinelle des monts, regarde et souviens-toi !

1871

LE LAUTARET.

Je puis te saluer enfin, ô Lautaret !
Cime mère des fleurs, où ma pensée errait.
A te voir aujourd'hui, qui croirait que la neige,
L'hiver, incessamment, en tourmentes t'assiège ?
Nul aux brises d'été n'offre un pareil tribut.
Montagne merveilleuse, ô Lautaret ! salut !

Bien lent est le printemps sur ces hauteurs calmées !
Mais dès qu'il apparaît, effluves parfumées,
Comme au commandement d'une secrète voix,
De fraîcheur et d'éclat tout se couvre à la fois.
Universelle alors est la métamorphose.
L'inépuisable vie embrase chaque chose.
Point de tige qui n'ait, comme un enchantement,
Son actif et fécond épanouissement.
Attentif et de loin venu, le botaniste,
Comme à l'aube du monde, au grand réveil assiste ;
Il contemple et recueille, et son savoir charmé
S'oublie au livre d'or pour tant d'autres fermé.

A la fête du sol le ciel mêle sa fête.
Un vif et pur azur aux sources se reflète.
Couvrant de ses regards tout ce que nous voyons,
L'œil scintillant du jour semble fondre en rayons.

16

Comme si l'horizon n'avait point de barrière,
L'espace illimité nage dans la lumière.
Tout est joie et splendeur, tout est sérénité,
Et si quelque nuage, un instant arrêté,
Des pics environnants se détache et s'avance
C'est comme une vapeur d'encens qui se balance.
Légère et transparente, indécise en son cours,
L'ombre apparaît et passe, et sur les grands contours,
Dans la mer de verdure, onduleuse et fleurie,
On croirait voir flotter comme une rêverie.

Nulle agitation sur les puissants sommets.
La paix semble, éternelle, y régner à jamais.
De grands troupeaux, épars comme des fourmilières,
Gravitent, en paissant, sur les pentes altières.
Septembre les avait chassés, et, meilleur jour,
Juin sur les hauts versants les ramène à son tour.
Hôtes accoutumés des vastes solitudes,
Debout et profilant au loin leurs attitudes,
Les pâtres, solennels comme leurs horizons,
De leur regard pensif surveillent les toisons ;
Et seuls, au bruit confus des cascades lointaines,
Aux rumeurs des torrents qui montent incertaines,
Se mêlent vaguement, dans les airs répandus,
Des clochettes d'airain les tintements perdus.

Sous les pas assurés point de sombres abîmes.
En ondulations montent les larges cimes,
Et jusqu'en haut, baigné dans la pleine clarté,
S'étend le vert tapis, en longs replis jeté.
Par place des oiseaux, qu'attirent les arômes,
Dessinent leur blancheur sur le velours des dômes ;

Mais l'extase est partout, et, même en ce moment,
Nul chant ne vient troubler le grand recueillement.
En vain chercherait-on, comme un éclair qui passe,
Ces grands vols redoutés qui sillonnent l'espace :
L'aigle a son nid ailleurs, et, poussé jusqu'ici,
Si, loin des rocs qu'il hante, il s'en approche aussi,
Planant dans les hauteurs de la voûte éternelle,
Oublieux des ardeurs de sa fauve prunelle,
Il semble que lui-même, en s'y laissant aller,
Ne vienne que pour voir et que pour contempler.

O Lautaret ! qui donc devant toi pourrait taire
L'enthousiasme ému, né de ton charme austère ?
Courte est ton heure, soit ; mais le cycle en est d'or.
Mont privilégié, salut, salut encor !

1871

LE GLACIER.

J'ai foulé sous mes pieds les neiges éternelles ;
Audacieux et fier, j'ai monté plus haut qu'elles,
Et, debout dans l'azur, non sans orgueil au sein,
J'ai salué le ciel, devenu mon voisin.

La Grâve, bourg austère où l'austère Romanche
Sur un lit de rochers roule son onde blanche,
C'est toi qui, comme un songe, au matin m'a montré
L'éblouissant tableau qui m'avait attiré.
Plus d'une fois déjà, m'élevant jusqu'aux faîtes,
Du spectacle des monts je m'étais fait des fêtes ;
Mais nulle part encor, quels que fussent les lieux,
Rien de plus imposant n'avait empli mes yeux.

En bas est le village, accroupi sur la pente
Que ronge, en écumant, le torrent qui serpente ;
Mais, en face, se dresse, en un essor puissant,
Un lourd massif, colosse au sommet menaçant.
C'est là que, s'étendant en nappes gigantesques,
Les glaciers aux glaciers s'ajoutent, vastes fresques
Qui découpent leur ligne, en leur nette splendeur,
Sur l'indigo du ciel, jusqu'en sa profondeur,
Et c'est là qu'arrivé dans un élan suprême,
Je me suis vu plus grand que le Pelvoux lui-même.

Les guides en avant, le bâton à la main,
De la montagne, au jour, nous prenions le chemin.
De blonds fils d'Albion, grâves batteurs d'estrade,
Comme nous s'apprêtaient à la grande escalade.
Dès le départ, ayant un objectif commun,
Les groupes réunis n'en ont plus formé qu'un.
De détours en détours, la troupe aventureuse
Bientôt après touchait à la base neigeuse.
Comme si tout contact, quel qu'il fût, ici-bas,
Etait une souillure inévitable, hélas !
La couche, en sa blancheur plus haut immaculée,
Se montrait là flétrie et de fange mêlée.
Affaissement des bancs que juillet, au retour,
Réchauffe par degrés dans leur large contour,
De grands suintements passaient dans les assises ;
Et les eaux, dans leur marche, un instant indécises,
Précipitant leur chute aux fentes du rocher,
En cascades, d'en haut, accouraient s'épancher.
Mais nous montons, cherchant vers les hauteurs ardues,
Pour nos pas excités des courbes moins tendues.
D'en bas, la croûte froide, en sa rigidité,
Apparaissait unie et sans aspérités ;
De plus près, au regard, sur la rude surface,
D'âpres convulsions s'offrent partout la trace.
Sous quelque immense effort, terrible, inattendu,
Là, dans son épaisseur, le glacier s'est fendu.
Plus loin, des blocs épars, débris des vieilles couches,
Se sont amoncelés en gisements farouches,
Et, sur leurs flancs brisés, dans leurs strates divers,
On peut compter leur âge en comptant leurs hivers.
Par endroits cependant la nappe à peine ondule ;
Mais c'est là que souvent le plus hardi recule.
Le paisible miroir, qui reflète les cieux,
Pareil à l'eau qui dort, n'est que plus périlleux.

Il faut tout surmonter, les craintes, les obstacles.
Pas à pas nous suivons les guides, nos oracles.
Tantôt nous cheminons en rampant, et nos doigts,
Le long des rocs abruptes, s'attachent aux parois.
D'autres fois, nous risquant, moins sages qu'intrépides,
Nous nous laissons aller sur les pentes rapides.
Inclinés en avant, sur les genoux ployés,
Sur nos bâtons ferrés en arrière appuyés,
Nous glissons et, béant, à nos côtés, l'abîme
Attend, espère en vain quelque pâle victime.
C'est sur le vide même ailleurs qu'il faut marcher.
Et qui là, frémissant, pourrait ne pas broncher ?
Une crevasse s'ouvre et montre, au fond, dans l'ombre,
Sa large déchirure au miroitement sombre.
Jamais peut-être, même aux abois et fuyant,
Le chamois n'a franchi le cratère effrayant.
Un mélèze a rejoint les deux bords dans l'espace,
Et sur le pont tremblant à son tour chacun passe.
L'effort, toujours l'effort et puis encor l'effort.

Déjà nous étions loin, mais sans toucher au port.
En bas, confusément, comme un nid sur la plage,
Dans sa dépression s'effaçait le village.
Quelque temps de repos et, les pas raffermis,
En route, et confiants, nous nous étions remis.
Autour tout s'abaissait et d'épaisses fourrures
Du trajet parcouru nous disaient les mesures.
Vainement le soleil flamboie et resplendit :
Plus nous nous élevons, plus l'air se refroîdit.
Tout à coup un bruit sourd s'élève ; tout s'agite.
Un roc, à nos côtés, roule et se précipite.
Plus bas, derrière nous, sous le ciel vif et pur,
Comme un nuage épais s'écroulant de l'azur,

Aux flancs qui la portait, sombre, c'est l'avalanche
Qui tordait le chaos de sa matière blanche.
Quelques instants plus tôt et dès lors condamnés,
Aux gouffres nous aussi, nous roulions entraînés.
Mais pour gagner le pic que le midi colore,
But où nous aspirons, il faut monter encore.
Devant nous, cette fois, le cône, fier rempart,
Cambre ses larges flancs, dressés de toute part.
Alors, la hache au poing, dans le rocher de glace
Nous taillons et la main au pied creuse sa place.
On dit qu'autour du trône et parmi les puissants,
Comme sur ces hauteurs, les degrés sont glissants.
Si les choses y sont telles qu'on les redoute,
Elles sont plus à craindre encor sur notre route.
Seulement, quand là-bas quelqu'un tombe, un secours
Est en vain attendu de l'amitié des cours.
Un long cordon de chanvre en ses nœuds nous enserre,
Et parmi nous du moins chacun soutient son frère
Enfin, liane humaine en ce rude jardin,
La file gravissante est au dernier gradin ;
La montagne est conquise et, plus haut que la terre,
Debout, victorieux du piton solitaire,
Abaissant nos regards dans la mer de clarté
Qui baignait l'horizon dans son immensité,
Ainsi que l'aigle au vol hardi, l'aile tendue,
De l'âme nous pouvons planer dans l'étendue.

Plantés là, s'exclamant, le nez hors de leurs plaids,
Goddem ! se sont ensemble écriés les Anglais.
Pour moi, comme plongeant ma lèvre au fond du vase,
Muet, sur ces confins, je restais en extase.
Du monde contemplé, puissant, prodigieux,
Je ne pouvais en rien rassasier mes yeux.

Partout, sans fin, pareils à des apothéoses,
Des monts, toujours des monts aux formes grandioses ;
Et ces vagues du sol à l'aspect émouvant,
Flots géants, soulevés on ne sait par quel vent,
Comme une écume au flanc de leurs crêtes brisées,
Faisaient étinceler leurs neiges irisées.

Nous avions oublié le temps, et, comme lui,
Les heures à grands pas loin de nous avaient fui.
Le soleil déclinant descendait vers l'Isère.
De même, à notre tour, trop tôt nous dûmes faire.
Nous aidant de nouveau du geste et de la main,
Nous reprimes alors notre premier chemin ;
Et le soir, toujours pleins de la haute merveille,
Les touristes rentraient au gîte de la veille.

O glaciers de la Grâve ! éblouissants sommets
Jusqu'aux espaces bleus élevés à jamais,
Merci. Pénible fut notre marche obstinée ;
Mais de quels souvenirs vous l'avez couronnée !
Et toi que, loin d'ici, bravent les matelots,
Sombre océan, rugis, soulève aussi tes flots ;
En proie à l'ouragan, précipite tes lames ;
Bondis sous la tempête et la nuée en flammes ;
Comme un noir cataclysme accumule tes eaux ;
Sous tes coups redoublés engloutis les vaisseaux ;
Lance jusqu'au ciel même, en ta rage insensée,
Ta propre écume, au loin par tous les vents chassée ;
Quoi que tu puisses faire en tes déchaînements,
Quels que soient ton orgueil et tes emportements,
Près de cette autre mer de granit et de glace,
A côté de ces flots que nul souffle n'efface,
Devant cette grandeur au calme souverain,
Pour moi, je te le dis, tu n'es plus rien qu'un nain.

                                          1871.

MERCI.

Il est des monts hauts d'une lieue
Dans ces Alpes au front neigeux.
Jusqu'au fond de la voûte bleue
Je me suis élevé comme eux.

Il est de profondes vallées
Dans ces Alpes où tout est beau.
Au bruit des cascades perlées
J'ai rêvé baigné par leur eau.

Il est des aigles pleins d'audace
Dans ces Alpes, leur royal nid.
Nous nous sommes vus face à face,
Debout sur les pics de granit.

Il est de vastes solitudes
Dans ces Alpes où tout est grand.
J'ai contemplé les attitudes
Des pâtres au regard errant.

Il est des chasseurs intrépides
Dans ces Alpes aux fiers émois.
Gravissant les pentes rapides,
Comme eux j'ai chassé le chamois.

Il est des mondes de merveilles
Dans ces Alpes où tout surprend.
Des mille coupes des abeilles
J'ai bu le parfum pénétrant.

Il est des océans de glace
Dans ces Alpes, autre splendeur.
De leurs ondes toujours en place
J'ai mesuré la profondeur.

Il est des cités qu'on acclame
Dans ces Alpes au vaillant cri.
A leur patriotique flamme
J'ai réchauffé mon cœur meurtri.

Il est de paisibles retraites
Dans ces Alpes où tout se voit.
Merci surtout, ombres discrètes,
Vous avez abrité mon toit.

1872.

LIVRE TROISIÈME.

DERNIÈRES LUEURS.

LES DEUX SŒURS.
A Mme R.

Toutes deux, elles sont charmantes,
Blanches et brunes toutes deux.
Elles croissent loin des tourmentes
Et loin des sentiers hasardeux.
Leurs fronts ont comme une auréole
De grâce, idéale clarté.
Le miel reste dans l'alvéole :
Elles garderont leur beauté.

Elles sont sœurs et se ressemblent
Comme les lis de leur jardin.
Heureuses enfants, elles semblent
Les anges d'un nouvel éden.
Leurs yeux que leur paupière voile
S'ouvrent aux pures visions.
Au fond se balance une étoile :
Elles garderont leurs rayons.

L'une a dix ans, l'autre en a douze.
Elles s'égalent par l'esprit.
Entre elles point d'humeur jalouse ;
La lèvre à la lèvre sourit.

Quand la plus grande dit : je t'aime !
Je t'aime ! dit l'autre à son tour.
Le bon grain dans leur cœur se sème :
Elle garderont leur amour.

Rien ne les trouble ou les sépare.
Elles vont la main dans la main.
Des mêmes fleurs leur front se pare
Au penchant du même chemin.
Leurs voix gazouillent sur leur route.
Comme leurs cœurs, à l'unisson.
Oh ! les gais oiseaux qu'on écoute !
Elles garderont leur chanson.

Comme en se couvrant de leur aile,
Parfois elles passent, le soir.
Sous quelque chaume qui chancelle,
Furtives, elles vont s'asseoir.
La douleur y pleurait dans l'ombre.
L'espoir bientôt succède aux maux.
Colombes d'une arche qui sombre,
Elles garderont leurs rameaux.

Attraits, douceur, gaîté de l'âme,
Penchants du cœur, élans divins,
Elles ont tout, et vous, madame,
Vous leur avez mis ces levains.
A l'urne dont l'onde est amère
N'auront pas bu leurs jeunes ans.
Heureuse êtes-vous, ô leur mère !
Elles garderont vos présents.

1858.

LA PLAINTE D'OTTAVIO.

Hélas ! oui, disait-il, j'espérais, dans mon rêve,
Que des jours de bonheur pour moi luiraient encor,
Et que le flot troublé qui pleure sur ma grève,
Changeant en bruit d'amour la plainte qu'il achève,
A son prisme terni rendrait des rayons d'or.

« Je me croyais bien loin des sombres avalanches ;
Tout un printemps d'azur semblait m'être rendu.
J'entrevoyais déjà, s'enlaçant dans les branches,
Près des nids frémissants, un monde d'ailes blanches ;
Mais cet espoir bercé, je l'ai vite perdu.

« Si je devais ainsi, plus triste dans mon doute,
Reprendre ce chemin où tout pèse à mes pas,
Fallait-il donc, mon Dieu, me mettre sur sa route,
Et quand elle passait dire à mon cœur : écoute !
A ce cœur désolé que le sien n'entend pas.

« Non, je n'ai pu la voir, éclatante et si belle,
Sans attacher mon âme au rayon de ses yeux.
J'étais comme en extase et tremblant devant elle.
Pourquoi, quand j'implorais, à ma voix qui l'appelle,
N'a-t-elle répondu qu'en me fermant ses cieux ?

« M'a-t-elle cru pareil, fuyant leur sotte presse,
A ces fades galants toujours prompts à s'offrir ?
Ah ! j'avais amassé des trésors de tendresse,
Et je sentais en moi comme une mer d'ivresse
Que ses lèvres en vain auraient voulu tarir.

« Sauvé des flots béants, sur la côte gravie,
Je n'eus, à ses côtés, plus craint d'autres courroux.
Hélas ! elle eut été le salut de ma vie,
Et je l'aurais aimée à faire même envie
A ces anges du ciel adorés à genoux.

« Se peut-il que, cruelle en son indifférence,
Elle ait ainsi brisé tant de félicités !
Oui, tout a disparu, le rêve et l'espérance,
Et je marche accablé, courbant mon front qui pense.
Que faire désormais de jours déshérités ?

« Ces lieux hier bénis, cet éden que je pleure,
Les fuirai-je cherchant un baume à mon souci !
La même, chaque jour, viendra l'heure après l'heure ;
J'emporterai partout, comme un trait qui demeure,
Le souvenir amer qui me déchire ici.

« Les vallons dépouillés ont perdu leurs corbeilles ;
Les grands bois n'ont plus rien des gais refrains de mai.
De sombres jours de deuil ou des aubes vermeilles,
Qu'importe ! Est-ce pour moi que les blondes abeilles
Butinent sur les monts leur doux miel parfumé ?

« Consume-toi mon cœur et, comme sous la cendre,
Eteints, si tu le peux, ton pur foyer d'amour.
O poète ! ta voix eut pu se faire entendre ;
Mais des trépieds sacrés un mot t'a fait descendre :
Ton bonheur et ta gloire ont passé sans retour.

1860.

LA CAGE VIDE.

A M*elles* CH. DE LA 7.

Elle est vide, la cage, et, les portes ouvertes,
Heureux et frémissant, l'oiseau s'est envolé.
Par delà sa prison jasaient les feuilles vertes ;
De joyeux compagnons passaient, troupes alertes.
Vers eux il s'est enfui, le doux captif ailé.

Elle est vide la cage. Oh ! laissez par la plaine
Aller l'enfant des airs, ivre de liberté.
Pour les barreaux étroits, où s'exhalait sa peine,
Dieu ne l'avait pas fait. L'espace est son domaine.
Ne regrettez donc pas son essor enchanté

Elle est vide la cage. Oui, mais quel jour d'ivresse
Pour le pauvre petit, prisonnier si longtemps.
Déjà, dans les rameaux que la brise caresse,
A sa mère il redit ses hymnes d'allégresse.
Ils ont leur mère aussi, ces blonds fils du printemps.

Elle est vide la cage. Auriez-vous donc, cruelles,
Voulu le retenir ainsi comme enchaîné?
Chaque jour, c'eût été pour lui plaintes nouvelles.
Et puis qu'aurait-il fait, dites-moi, de ces ailes
Qui le portent au ciel où peut-être il est né?

Elle est vide la cage. Eh! n'est-ce pas, qu'importe,
Pourvu qu'une autre voix chante dans votre cœur.
A l'hôte radieux, de crainte qu'il ne sorte,
Attentives toujours, fermez-en bien la porte.
Ce gai rossignolet, c'est l'oiseau du bonheur.

1860.

A UN POÈTE.

Je les ai lus, vos vers superbes.
Le noble et radieux essor.
Votre moisson n'est plus en herbes ;
Elle est faite de pleines gerbes
Dont juin a mûri le trésor.

A vous, frère, à vous l'harmonie ;
La grâce et la force à la fois ;
A vous l'abondance infinie,
La grandeur, fille du génie,
Qui des poètes fait des rois.

Mais à votre triomphe insigne
Quelques-uns ont mêlé l'affront.
Qu'importe ! Leur haine désigne
Que vous êtes d'autant plus digne
Du laurier mis sur votre front.

Eh ! quoi, leur voix qui flatte ou gronde
Serait l'oracle redouté ?
Fol orgueil, démence profonde.
Qu'ont-ils donc, ces maîtres du monde ?
Rien qu'indigence et pauvreté.

C'est nous qui faisons notre gloire.
Sans leur appui qu'on n'attend pas,
Si notre effort est méritoire,
Au chemin sacré de l'histoire
S'empreint la trace de nos pas.

Où sont, dans l'immortelle sphère,
Ces dispensateurs du renom ?
Noir du stigmate séculaire,
Je vois Zoïle aux flancs d'Homère.
Bavant son fiel sur ce grand nom.

O vous ! que mon vers loue et venge,·
Courage, et, si haut loin de nous,
Aigle au vol calme et fort de l'ange,
Laissez croasser dans leur fange
Les corneilles et les hiboux.

1873.

A Mme DE F.

Nulle place qui ne soit prise
Aux pages de l'album trop plein
Une seule me favorise.
Merci, cher et dernier velin.

Sur vos pas combien de poètes,
Madame, et que d'hymnes charmés !
Point de lyre qui soit muette
Dans les cœurs enthousiasmés.

Comme une pure et fraîche aurore
Votre bleu printemps fut fêté.
Des chants, nous en avons encore,
Vous le voyez, pour votre été.

Aube ou midi, qu'importe l'heure !
Que savez-vous des abandons ?
En vous une chose demeure :
La jeunesse avec tous ses dons.

Autour de vous tout fut sourire.
Quoi ! des rêves vous attirer.
Non ; on rêve à ce qu'on désire.
Qu'auriez-vous donc pu désirer ?

Esprit charmant, grâce parfaite,
Brillant éclat, gaîté du cœur,
De tout cela vous êtes faite.
Est-il ici rien de meilleur ?

Quelqu'un vous a parlé d'Apelles.
Votre peintre, vous l'avez eu :
C'est le flamand aux blonds modèles,
Qui mit Marthe aux pieds de Gésu.

Si j'osais, comme aux jours antiques,
Je vous dresserais, à genoux,
Un autel sous de blancs portiques.
Mais vous l'avez : il est en nous.

1875.

LES COURRIERS.

A MON COLLÈGUE DES POSTES
DU DÉPARTEMENT DE LA MEUSE.

Les fouets claquent ; l'heure sonne ;
Le bruit des grelots résonne ;
Le tapage s'assaisonne
D'aigres et longs cliquetis.
Avec leurs lots de dépêches,
Les grands chevaux pris aux crèches,
Sur leurs branlantes calèches,
Voilà les courriers partis.

Pour tous la course est rapide.
Un rouge falot les guide.
D'une nature intrépide,
Nul d'entre eux ne craint la nuit.
Au loin le chemin s'allonge.
Dans l'ombre chacun se plonge,
Et tous passent comme un songe
Dans leur tourbillon de bruit.

Par les monts et par les plaines,
Semant l'amour et les haines,
Dons de leurs sacoches pleines,

De tous les côtés ils vont ;
Et, dans les lointains perdue,
A leur approche entendue,
Seule au fond de l'étendue,
La voix des dogues répond.

Monotones sont les routes
A cette heure morne où toutes,
Comme un homme sous ses doutes,
Se couvrent d'obscurité.
Rien n'attire ou n'intéresse.
Sans oubli du temps qui presse,
Chaque postillon caresse
Le rêve en son cœur fêté.

Celui-ci que la bouteille,
Au relais, parfois conseille,
Songe à la grappe vermeille
Qui mûrit sur le coteau.
Plus que les blés et les granges,
Les celliers ont ses louanges ;
Ses moissons sont les vendanges,
Cet autre gai renouveau.

D'humeur un peu vagabonde,
Celui-là, qui court le monde,
D'une brune et d'une blonde
Est à la fois amoureux.
L'embarras serait extrême,
Il réfléchit, doux système,
Que du moins, puisqu'il les aime,
Il peut bien le dire aux deux.

Fortune, c'est toi qu'invoque
Cet autre dans son colloque ;
Et la déesse équivoque
Ne lui prête guère appui.
A l'appeler il s'enroue ;
Sans cesse tourne la roue.
De combien elle se joue
Autant et plus que de lui !

Dans d'inconscientes choses,
Des pâleurs blanches roses,
De vagues métamorphoses,
Le dernier semble absorbé.
Sa tête sur sa poitrine,
A chaque cahot s'incline,
Et sans peine l'on devine
Le pavot sur lui tombé.

Le destin peut être adverse,
Par la tourmente ou l'averse,
Aucun d'eux jamais ne verse.
Pourtant ..... Mais c'était permis.
Ils menaient, chutes burlesques,
De larges faces tudesques,
De ces pourfendeurs grotesques
Sur la France alors vomis.

Un peu comme des éoles,
Les nocturnes carioles
Aux clartés des lucioles,

Vont toujours et nul retard.
Et vers elles, indécise,
Parfois sur la nue assise,
La lune, dans la nuit grise,
Laisse tomber un regard.

Mais le temps que rien ne lasse,
Insoucieux de l'espace,
Minute à minute passe.
Le trajet s'est raccourci.
A l'est l'horizon se dore ;
La brume au loin se colore ;
C'est l'aurore, c'est l'aurore,
L'aurore et le but aussi.

Les fouets claquent ; l'heure sonne ;
Le bruit des grelots résonne ;
Le tapage s'assaisonne
Du grincement des pavés.
Avec leurs lots de dépêches,
Les grands chevaux vers les crèches,
Sur leurs branlantes calèches,
Les courriers sont arrivés.

1876.

LE DÉPART DES HIRONDELLES.

A Mmes F. et D.

Elles se cherchent et, songeuses,
A l'aube on les voit s'assembler.
C'est l'automne. Les voyageuses
Bientôt au loin vont s'envoler.
Puisque le destin vous appelle
Vers un ciel, hélas ! plus heureux,
Passagères au cœur fidèle,
Allez, mais prenez sur votre aile
Tous nos regrets et tous nos vœux.

Il est donc des lieux qu'on préfère,
Qu'on peut préférer à ceux-ci ?
Où vont pendre, pensée amère,
Vos nids pourtant si bien ici ?
D'autres auront à leur tourelle
Vos gais refrains harmonieux :
Passagères au cœur fidèle,
Oui, prenez, prenez sur votre aile
Tous nos regrets et tous nos vœux.

Dans ces longs mois mélancoliques
Qu'allons-nous devenir sans vous ?
Adieu les heures poétiques ;
Adieu les soirs charmants et doux.
Mais les beaux jours, flamme nouvelle,
Reviendront ; ferez-vous comme eux ?
Passagères au cœur fidèle,
Ouvrez alors, ouvrez votre aile :
Vous revoir comblera nos vœux.

1876.

NOVEMBRE.

Le soleil s'est éteint ; le jour est morne et sombre ;
La nuit semble du ciel ne pas quitter le seuil ;
De lugubres brouillards laissent traîner leur ombre
Comme des voiles noirs, dans les vallons en deuil.

Plus d'oiseaux dans les bois ; aux toits plus d'hirondelle ;
Les gazons sont flétris, les pampres mutilés ;
Au penchant des coteaux, où nulle voix n'appelle,
Roulent en flots fangeux les ruisseaux désolés.

Où sont les verts abris du saule et de l'yeuse ?
Les feuilles tour à tour ont détaché leur vol,
Et la pluie, en tombant, lente, silencieuse
Rouille le jaune amas dispersé sur le sol.

Rien, plus rien ; ni rayons, ni senteurs, ni murmures ;
Plus de ces bruits voilés dans le soir répandus.
L'âme des jours passés semble, dans les ramures,
Pleurer, en gémissant, tous ces doux biens perdus.

O nature ! pourquoi toute cette tristesse ?
Ces regrets douloureux, laisse-les à nos pas.
Ton printemps disparu renaîtra, même ivresse ; ·
Bonheur d'un jour, le nôtre, hélas ! ne renaît pas.

1880.

BONSOIR.

A L'OCCASION DE MA RETRAITE.

Elle a disparu, la lumière
Qui tremblotait dans mon falot.
Est-ce trop tard, est-ce trop tôt ?
Une heure est toujours la dernière.

Ni phare illuminant le flot,
Ni fanal sur sa tour altière ;
Simplement, dans l'humble carrière,
Une lueur sur un îlot.

Pauvre clarté de pâleur faite,
Comme un lumignon de la fête,
Te voilà donc sous l'éteignoir.

C'est la nuit somnolente et blême.
Je m'encapuchonne moi-même ;
Bonsoir, amis ; amis, bonsoir.

1888

SOIR D'ÉTÉ EN FLANDRE.

On venait de souper. Sur le seuil de la ferme,
Les moissonneurs hâlés, au bras vaillant et ferme,
Assis et s'attardant en quelques lents propos,
Etaient venus chercher comme un premier repos.
Pénible avait été la journée, et des gerbes
S'étaient multipliés partout les monts superbes.
Mais, arrivé, le soir, aux souffles assoupis,
Avait rendu le calme à la mer des épis.
Comme pour contempler le blond trésor des plaines,
La lune s'élevait dans les pâleurs sereines,
Et, sous les grands auvents, ses rayons déjà clairs,
Au vif tranchant des faux rallumaient des éclairs.
Pendant ce temps, toujours debout, infatigable,
De bercail en bercail et d'étable en étable,
Vers les troupeaux rentrés portant alors ses soins,
Le maître s'enquérait de leurs derniers besoins ;
Et, non moins attentive et non moins courageuse,
En toute chose aussi vigilante et rangeuse,
Dans la maison, soumise à son autorité,
Aux filles prêchant l'ordre avec l'activité,
La fermière, que rien non plus n'arrête ou lasse,
Veillait à ce que tout fut remis à sa place.
Seuls, au fond de la cour, les enfants, gais lutins,
Semeurs insoucieux de rires argentins,

Semblaient, les jeux repris, avoir oublié l'heure.
Compagnons des grands chiens, gardiens de la demeure,
Ils couraient ; seulement, moins excité, leur bruit
Troublait moins dans sa paix l'approche de la nuit.
Une voix grave et lente, au loin répercutée,
Passa, laissant tomber sa note répétée,
Et bientôt retirés, heureux des jours amis,
Maîtres et serviteurs, tous étaient endormis.

1889.

LE GIVRE.

Le jardin s'est éveillé
Tout de blancheur habillé,
Spectacle que rien n'égale.
Au loin, dans l'air calme et pur,
Flotte au-dessus de l'azur
Comme une lueur d'opale.

Les arbres enguirlandés
Ont de grands voiles brodés,
Tissu d'argent et de perles ;
Et c'est merveille de voir,
Avec leur justaucorps noir
Venir s'y poser les merles.

Sapin géant ou fétu,
Rien qui ne soit revêtu
De l'éclatante parure.
Du riz cher aux fronts aimés
Les saules pleureurs charmés
Ont poudré leur chevelure.

Frileux, sur le bord des eaux,
On croirait que les roseaux

Ont pris le duvet des cygnes.
Vers les hauts massifs parés,
Les roitelés attirés
S'en vont comme avec des signes.

Partout, en légers fuseaux,
Se croisent aux arbrisseaux
Les longs fils de l'arachnide,
Lianes comme jamais
N'en ont vu, sur leurs sommets,
Les bosquets sacrés de Gnide.

Le chrysanthème flétri,
Scintillant a refleuri
A rendre l'Inde jalouse.
Comme en avril, on dirait
Qu'à foison le pâqueret
Emaille encore la pelouse.

Sur les chemins assoupis
S'étendent de longs tapis,
Moquette aux fraîcheurs lactées.
Tout rayonnant est le thym.
Le lilas montre au matin
Des frondaisons pailletées.

Avec son air de candeur,
En bas, dans la profondeur,
Qui reconnaîtrait le Faune ?
L'étrange et malin profil !
Sous ses doigts pourquoi faut-il
Que sa flûte reste aphone ?

18

Eclatantes sont les tours
Qui pointent aux alentours,
Avec leurs capes d'hermine ;
Et, dans son ombre caché,
Du même rayon touché,
Le chaume aussi s'illumine.

O givre charmant ! qu'es-tu ?
Un lourd brouillard abattu,
Un frisson de la nuit brune ?
Peut-être, ainsi condensé,
Dans l'éclat du jour fixé,
Un pur et blanc clair de lune.

1889.

———

FLEURS BRETONNES.

Vers joints à l'Album de Melle Léonie D.
en le lui renvoyant.

Fraîches fleurs de Bretagne
Qui revivez ici,
Par vous l'émoi nous gagne,
Le souvenir aussi.

Sous vos vertes ombelles,
Nous vous aimions là-bas.
Qui loin, encor plus belles,
Ne vous aimerait pas ?

Vos coupes irisées,
Or, velours ou satin,
Ont gardé les rosées
Qu'y versa le matin.

La lumière s'y joue,
Et l'on croirait, charmé,
Que la brise secoue
Leur pollen parfumé.

Où croissaient vos corbeilles,
Rayonnement du jour ?
L'essaim blond des abeilles
Devait s'ébattre autour.

La mer vous berça-t-elle
De ces souffles émus ?
A quelle cascatelle
Ont trempé vos pieds nus ?

Aux profanes cachées,
En quelque abri discret
Vous aurait-on cherchées
Instruit du doux secret ?

Des monts ou des vallées
Des grèves ou des bois,
Vos gerbes étoilées
Ont réveillé ma voix.

Rien, hélas ! ne demeure ;
Tout fuit, même l'espoir ;
Combien qui n'ont qu'une heure
De leur aube à leur soir.

Sur ces pages écloses,
Sœurs qu'on y fêtera,
Vous du moins, lis ou roses,
Rien ne vous flétrira.

Chères fleurs de Bretagne,
A votre vue ici
Un chaud transport nous gagne,
Un vrai regret aussi.

1893.

UN AMI.

Jadis j'eus pour ami, le dirai-je ? un moineau.
Il était jovial et d'une humeur accorte.
Partout, même au dehors, il me faisait escorte,
Allant de ci de là tout comme un étourneau.

Des frères il n'avait pu suivre l'envolée,
Et près du nid j'avais recueilli le pauvret.
Abandonné des siens, sans mon aide il mourait.
La victime avec moi s'est vite consolée.

Il pépiait gaîment, mais il ne chantait pas ;
Il était en cela ce que sont ses semblables.
En zigs-zags plus légers, il laissait sur les sables,
Lorsqu'il y sautillait, la trace de ses pas.

Quand on ne peut chanter, parler est quelque chose.
Il parlait sûrement, et, parmi les pierrots,
On eut pu bien souvent citer les jolis mots
Qui tombaient, comme un flux, de son petit bec rose.

Toujours libre, il allait parfois seul au verger,
S'approchant quelque peu de la bande criarde ;
Mais il ne le faisait que comme on se hasarde
Et bien vite, au logis, revenait s'héberger.

Par mes soins, il acquit les meilleures manières :
Il savait saluer en moineau comme il faut ,
Et du cerceau sans peine il sut faire le saut
Bien mieux certainement que beaucoup d'écuyères.

Les arts en tout avaient fleuri sur son chemin ;
Il imitait très bien le coucou des prairies,
Et savait prendre au vol, ainsi qu'aux tuileries,
Le morceau de pain blanc que lui jetait ma main.

Certes, il n'était pas de ceux-là que l'on sèvre,
Le nanan lui pleuvait, et parfois, délaissés,
Aux mets les plus friands il semblait dire : assez ;
Mais, son plus cher régal, il l'avait sur ma lèvre.

Heureux, nous nous sentions l'un vers l'autre attirer.
Mon cœur volait vers lui plein de flammes nouvelles,
Comme si, par moments, lui-même eût eu des ailes ;
Mais ces beaux jours longtemps ne devaient pas durer.

Un matin, comme mû par un triste présage,
Levé plus tôt, j'allai vers le petit reclus.
Quels transports d'ordinaire ! Il ne remuait plus.
Je le trouvai gisant dans le fond de sa cage.

Mort ! Etait-ce possible ? Et comment et pourquoi ?
De quel mal si subit et sous quelles atteintes ?
Je remplis la maison de clameurs et de plaintes :
Une fibre venait de se briser en moi.

Je n'avais jusque-là, sur la route suivie,
Rien su de la douleur, ni du bonheur perdu.
En un instant, frappé du coup inattendu,
La mort m'avait appris ce que c'est que la vie.

Dans le jardin, hélas ! à d'autres aujourd'hui
J'ai fait un trou profond et j'y mis le pauvre être.
Si j'ai paré sa tombe, on le croira peut-être :
Une part de mon cœur s'y trouvait avec lui.

Je l'ai pleuré longtemps l'ami de mon aurore.
Aux jours ont succédé des jours plus oublieux.
Je n'étais qu'un enfant ; maintenant je suis vieux.
Malgré l'âge et le temps, eh ! bien, j'y pense encore.

                                    1894.

SOUVENIR.

On venait de la mettre en terre.
Un assistant, en m'abordant :
— « Ah ! monsieur, quelle vie austère !
La belle âme et le cœur ardent !

« Sa main sans cesse était ouverte
Pour un appui, pour un secours.
Pour les pauvres c'est une perte
Que beaucoup pleureront toujours.... »

Telle aussi nous l'avons connue.
Providence des malheureux,
A sa tâche en entier tenue,
Elle ne vivait que pour eux.

Elle allait aux pires misères,
Aux sanglots les plus étouffants.
Elle était là l'enfant des mères,
Ailleurs, la mère des enfants.

Combien de ceux qu'on encourage
Lui durent de meilleurs moments !
Son plus cher et plus doux ouvrage
Fut en tout leurs soulagements.

En elle point d'incertitude ;
Trop souvent pourtant, on le sait,
On récolte l'ingratitude
Où l'on a semé le bienfait.

De l'effet remontant aux causes,
Ce mal de notre humanité,
Pour elle, qui sondait les choses,
N'était qu'une autre infirmité.

Elle écrivait , mais chaque livre
Par elle au bien fut consacré.
Elle y prêcha l'exemple à suivre
Et qu'elle-même elle a montré.

Que de chauds élans dans son âme !
Dans ses pages que de leçons !
Elle semait partout sa flamme
Qui partout fondait les glaçons.

Elle fut de ceux qu'on renomme.
Esprit droit et fait de vigueur,
Elle eut les facultés de l'homme
Et de la femme tout le cœur.

A quoi sert parfois le génie ?
Elle ne l'envia jamais.
Autrement dotée et munie,
Elle atteignit d'autres sommets.

Et puis, qu'est-ce que vaut la gloire ?
Elle était sûre, en son chemin,
De vivre au moins dans la mémoire
De ceux que soutenait sa main.

Cependant, elle aimait sa plume ;
Le succès, elle l'appelait ;
Car tout le profit du volume
Par les chaumières s'en allait.

Elle repose au cimetière,
Dans la paix, mais sans abandon.
Un nom est gravé sur sa pierre,
Qui dit tout : *Mathilde Bourdon.*

1894.

LA VOIX DES CLOCHES.

Sonnez, cloches; par les vallées,
Semez vos notes envolées
Comme un chant du ciel descendu.
Avec sa couronne d'étoiles,
Il apparaît sous ses blancs voiles :
Il est venu l'ange attendu.

Joyeuse est la maison; et pourtant, sur sa couche,
Pâle encore est la mère en sa chère douleur.
Un sourire plus tendre erre en paix sur sa bouche;
Une flamme plus pure a rempli tout son cœur.
Mais on attend ailleurs le doux fruit de son rêve;
On l'emporte superbe et comme triomphant.
Sur sa route, au passage, une clameur s'élève :
Oh ! qu'heureuse est la mère et qu'heureux soit l'enfant !
Oui, cloches, à grand bruit célébrez le baptême;
Gais carillons, bien haut faites vibrer les airs.
L'eau lustrale a coulé sur ce front que l'on aime;
Un nouveau lis est né sous les cieux entr'ouverts.

★
★ ★

Sonnez, cloches ; que par les plaines
Vos voix se mêlent aux haleines
De l'oranger au doux parfum.
Chantez, chantez ; car c'est la fête
De deux jeunes cœurs qui s'apprête
Et qui bientôt n'en feront qu'un.

Les voici. Tout un long et radieux cortège !
Des fleurs sur le chemin, des fleurs sur le parvis.
L'orgue éclate en accords où court un vif arpège ;
L'or des vitraux reluit sur tous les fronts ravis.
Ils sont près de l'autel, courbés devant le prêtre.
La main, sans la chercher, a rencontré la main.
Comme un baume du ciel a pénétré leur être ;
Aujourd'hui l'un à l'autre, ils le seront demain.
Oh ! les espoirs bénis aux bras de l'épousée !
Mais qu'ils sont brefs les jours ! Pourquoi faut-il, hélas !
Qu'aussi vite, en nos mains, elle soit épuisée
La coupe où nous buvons le bonheur ici-bas ?

*
* *

Elles tintent leurs glas funèbres.
Le jour a fait place aux ténèbres ;
Plus rien des moments dévolus.
Pleurez, pleurez ! Celui qui tombe
Sur le lit glacé de la tombe,
Endormi, ne s'éveille plus.

Le deuil est descendu sur l'heureuse demeure ;
Le malheur, au foyer, a frappé sans merci.
Hier tout y riait, aujourd'hui tout y pleure :
L'implacable faucheuse a fait son œuvre ici.

Le pauvre mort est là renfermé dans sa bière ;
Autour est la famille, un long cercle accablé.
Tout à l'heure l'église ; après, le cimetière,
Et le vide creusé ne sera pas comblé.
Oui, laissez-les tomber, cloches, toutes vos plaintes ;
Aux sanglots exhalés mêlez tous vos sanglots.
Dans les cieux assombris que d'étoiles éteintes !
Que de râles perdus dans l'abîme des flots !

O cloches ! vos voix qu'on écoute
Sous les échos de notre route ;
A nos cœurs votre cœur s'unit.
Pour chacun pareille est la voie :
On a commencé par la joie ;
C'est par les larmes qu'on finit.

1894.

SORMONNE.

Il est bien loin d'ici, dans le pays des chênes,
Un village inconnu, vers le midi tourné.
Les jours, le plus souvent, n'y sont faits que de peines.
    C'est là que je suis né.

Quelques pauvres maisons autour d'une humble église ;
Des granges que remplit trop peu le blé nouveau ;
Par places, des vergers qu'égaie au moins la brise :
    Voilà tout le hameau.

Ni château fastueux, ni riche et beau domaine.
La forge s'ouvre et fume à côté du grenier.
Du matin jusqu'au soir, le marteau s'y démène
    Sur l'enclume d'acier.

Il m'a fallu quitter, jeune, l'agreste asile :
Des lourds labeurs pour moi nul n'était partisan ;
Et le temps a pu faire un homme de la ville
    Du petit paysan.

Je n'ai pas dirigé le soc de la charrue
Le long des grands sillons dans le sol dur creusés ;
Je n'ai pas soulevé le fléau qui se rue
      Sur les épis brisés.

Personne ne m'a vu, lorsque juillet arrive,
Parmi les bruns faucheurs me courber ou m'asseoir ;
Je n'ai pas, avec eux, au flot pur de la rive,
      Humecté mon pain noir.

Abandonnant les seuils pour moi pleins de caresses,
Je suis parti, suivi de souhaits avivés.
Loin de moi, pensait-on, resteraient les tristesses.
      Qu'ai-je eu des biens rêvés ?

Par les chemins fangeux, sans nul repos ni trêve,
De cités en cités s'en sont allés mes pas ;
Et ma route aujourd'hui, longue étape, s'achève,
      Toujours la même, hélas !

J'ai bien pu, me haussant, comme un roseau superbe,
Quelque peu m'élever et m'en enorgueillir.
A quoi bon mon effort ? Stérile était la gerbe
      Que j'ai voulu cueillir.

La Muse m'avait dit : Chante ; Apollon console ;
Et, la lyre à la main, confiant, j'ai chanté ;
Mais la voix sans échos en vains accords s'envole :
      Rien ne m'en est resté.

Bienfaits des jours troublés, chimères et mensonges ;
Avenirs entrevus, mirage d'un matin.
Que de déceptions au fond de tous ces songes
    Et quel désert sans fin !

Insensé qui regarde au delà de son ombre.
Le bonheur qu'on appelle et que chacun poursuit,
Ce n'est pas dans l'éclat qu'il se cache, ou le nombre ;
    Ce n'est pas dans le bruit.

O champs ! ô bois ! sentiers discrets de la prairie,
N'est-ce pas lui, chez vous, qui me parlait tout bas ?
Toits où l'on pleure, soit, mais du moins où l'on prie
    Ne l'abritez-vous pas ?

Combien de fois, laissant alors couler ma plainte,
Tout plein des souvenirs de mes jeunes saisons,
Mes yeux se sont tournés, avec leur flamme éteinte,
    Vers les chers horizons !

J'y voyais mon foyer assis sur la colline,
Dominant la vallée où la rivière court,
Et je croyais sentir mon front, qu'un poids incline,
    Se relever moins lourd.

Vains regrets, il fallait marcher, marcher encore,
Les pieds souvent meurtris, sous le joug retenu ;
Et c'est ainsi, sans rien qui rappelât l'aurore,
    Que le soir est venu.

Si seulement, ma tâche à la fin terminée,
Regagnant, au retour les abris d'autrefois,
Il m'eût été permis d'achever ma journée
  Dans la paix de nos bois !

Accompagné de ceux en qui, seuls, fut ma force,
Réchauffant à leurs cœurs mon cœur trop refroidi,
Peut-être eussé-je vu reverdir mon écorce,
  Pauvre tronc engourdi.

Je n'ai pu m'arracher à ma dernière halte ;
Aux mains qui se tendaient a répondu ma main ;
Et, seul, mon cœur, des lieux que ma pensée exalte
  A repris le chemin.

O mon pays ! pardonne à ton fils qui te pleure.
Ingrat, il ne l'est pas. Il t'eût donné ses jours.
C'est sur un autre sol, loin de toi, qu'il demeure ;
  Mais il t'aime toujours.

L'heure peut-être est proche où le corps qui succombe
A son âme ouvrira l'éternel avenir.
Oui, sois-en sûr, en lui, même au fond de la tombe,
  Vivra ton souvenir.

        1893

TABLE

PREMIÈRE PARTIE

LES VOIX POÉTIQUES

DEUXIÈME PARTIE

LES CHANTS DE LA TERRE

TROISIÈME PARTIE

LES RIMES CHOISIES

QUATRIÈME PARTIE

LES ÉTINCELLES

LIVRE PREMIER. — Çà et là

LIVRE DEUXIÈME. — **Impressions alpestres**

LIVRE TROISIÈME. — **Dernières lueurs**

FIN DE LA TABLE

Lille Imp. L.Danel.

SOCIÉTÉ DES SCIENCES,
DE L'AGRICULTURE & DES ARTS DE LILLE

Mémoires. — Ve Série.

FASCICULE II.

UNE

ÉMEUTE A AVESNES

EN 1413

PAR JULES FINOT,

ARCHIVISTE DU DÉPARTEMENT DU NORD.

LILLE,
IMPRIMERIE L. DANEL

1893.

SOCIÉTÉ DES SCIENCES, DE L'AGRICULTURE ET DES ARTS DE LILLE

Mémoires. — V⁵ Série.

SOCIÉTÉ DES SCIENCES,
DE L'AGRICULTURE & DES ARTS DE LILLE

Mémoires. — Ve Série.

FASCICULE III.

POÉSIES

PAR Jules PÉROCHE.

LILLE,
IMPRIMERIE L. DANEL.

1895.

SOCIÉTÉ DES SCIENCES, DE L'AGRICULTURE ET DES ARTS DE LILLE

Mémoires. — Vᵉ Série.